KB002978

바랑별의 군산 이야기

글그림
·
문 정 현

가림출판사

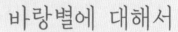

바랑별에 대해서

바랑별은
바다를 사랑하는 작은 별이란 뜻의
제 별칭이랍니다.
이 빨강 옷을 입은 아이가 바랑별이에요.
왜 제가 바다를 사랑하냐면요
바다는 모든 것을 받아들이는
넓은 품을 갖고 있기 때문입니다.
그리고
하늘과 맞닿아 있으면서도
가장 낮은 곳을 채우고서야
이를 수 있는 바다가
군산을 둘러싸고 있기 때문입니다.

탁류의 거리를 지나
군산의 영혼 속으로

이 책의 초고를 읽다가 한 구절에서 눈길이 멈췄습니다. "우리 모두는 발달장애를 갖고 있다!" 군산 산돌학교에 왔던 고은 시인이 그리 말했답니다. 발달장애란 "해당하는 나이에 맞게 발달하지 않은 상태, 일반적으로 해당 연령의 정상 기대치보다 25퍼센트 뒤져 있는 경우"라고 합니다. 그렇습니다. 시인과 우리 모두는 그리고 군산은 과연 딱 그만큼의 발달장애를 갖고 있습니다.

다 자란 사람이나 노인은 시를 떠납니다. 어쩌면 팔순을 훌쩍 지나고도 발달장애인 시인만이 아직도 시를 쓰고 있는 것은 아닐까요. 군산은 지금도 이 나라 여느 도시에도 이미 남아 있지 않은 풍경들로 가득합니다. 적산가옥, 부잔교, 조계지, 신작로, 째보선창, 초원사진관……. 그것들은 2017년 현재의 정상 기대치보다 한참 뒤져 있는 정지된 시간의 물목들입니다. 그렇다고 해서 그것이 기형이나 질병은 아닙니다. 그것은 단지 발달장애일 따름입니다.

군산의 오랜 풍경은 개항기에 속절없이 앞서 나가 흥청대던 발달의 퇴영이 자 고도산업화기에 무참히 소외되어 무기력하게 정지된 채로 남겨진 발달의 그늘입니다. 말하자면 '발달숭배의 발달장애'입니다. 이런 형용모순은 역설적으로 세상사의 이면을 드러냅니다. 앞으로만 치달리고 '발달'을 떠받들지만, 그런 '발달숭배'야말로 실은 치명적인 장애가 아닐까요? 그것이 군산이 우리에게 던지는 질문입니다.

너무 빨리 발달해서 도리어 너나없이 장애를 앓는 시대에, 발달의 퇴영이 드리운 이 도시의 풍경 어딘가에서 도리어 구원의 힘이 자라기도 하는 것입니다. 갈수록 많은 사람들이 군산을 찾는 이유가 아마도 거기에 있을 것 같습니다. 정체되고 스러진 군산의 옛 도심을 거닐면서 쾌속의 발달 뒤로 남겨진 어떤 느림, 순수, 혹은 쇠락함에서 애잔한 카타르시스를 느낄 수 있으니까요.

이 책을 지은 문정현 선생은 일찍이 군산을 떠나 서울에서 오래 살다가 돌아온 귀향민입니다. 여러 해 전 군산대학교 대학원 지역문화콘텐츠학과에 입학한 만학도로 내 지도학생이 되었고, 지금은 군산을 지키고 가꾸고 알리는 일에 불철주야로 나섭니다. 그처럼 군산을 사랑하는 문 선생에게서 나는 서러운 애틋함을 봅니다.

거기에는 발달장애인 자식을 돌보는 엄마, 혹은 연로해서 어린애가 된 부모를 보살피는 나이든 딸의 마음이 뒤섞여 있습니다. 애달픈 사모의 정감입니다. 군산을 살리는 것은 바로 그런 엄마와 딸들입니다. 한데 비극은 삶 자체로부터 오는지라, 그런 여인들 맞은편에는 또한 자식과 부모를 망치는 못나고 강퍅한 마초들이 으레 있게 마련입니다. 강이 흐르기에 탁류를 낳고 탁류는 혼탁한 인간사를 낳습니다.

시간이 멈춘 도시는 의뭉스런 정치인, 관료, 장사치, 협잡꾼들로 더럽혀집니다. 그들은 도시의 유산을 단지 박물관에 진열할 유물 정도로만 다루며, 그 도시의 풍경에 기생해서 작은 영화를 누릴 궁리만 합니다. 제 호주머니로 들어갈 돈, 한줌의 권력만이 그들의 관심입니다. 하지만 쇠락한 골목을 누비며 거들먹대는 그런 군상들도 어쩌면 이 도시가 앓는 '발달장애'의 한 단면일 것입니다. 그들마저도 품에 안은 엄마와 딸은 다시 이 도시의 아내가 됩니다.

이 책은 그런 엄마와 딸과 아내가 고향 '군산에 바치는 연가'입니다. 그 연가는 다름 아닌 '이야기'로 조곤조곤 속삭입니다. 빛의 속도로 질주하는 디지털시대에 사람들이 군산에서 정말 찾는 것은, 인위적으로 조성된 도시의 풍경보다는 아날로그로 말을 건네는 이 도시의 그런 스토리일 것입니다. 그것이야말로 군산의 거주민과 방문객 모두가 알고, 느끼고, 경험하길 바라는 도시의 영혼이기 때문입니다.

내 말은 여기까지입니다. 단지 소개에 불과한 이 글을 지나, 처연하고도 애잔한 군산의 풍경과 이야기를 독자들이 직접 보고 들을 차례입니다. 이 도시의 엄마와 아내와 딸이 들려 주는 잔잔한 스토리에서, 독자들 모두 우리 시대의 빠른 발달이 남긴 상처를 치유할 위안을 얻게 되길 바랍니다.

2017년 늦가을 서울 방배동 환한 집에서

김 성 환

(군산대학교 철학과·대학원 지역문화콘텐츠학과 교수)

군산이 좋은 80가지 이유

군산이 좋다. 참 좋다.
어릴 적 뒷산 등구재에 올라 바라보던
지평선 가까이에서 펼쳐지는 아스라한 들녘이
지금도 있어서 좋다.

엄마 따라 임피역에서 기차를 타고
휙휙 지나가는 전신주, 그 사이로
빙그르르 도는 들녘의 추억이 좋다.
군산역에 내리면
코끝을 훔치던 비릿한 생선냄새,
해망동에 가면 지금도 폴폴 나서 좋다.

그리 높지 않은 구릉 사이로
흘러 모여 이루어진 호수
간척지에 물 대려고 만든 저수지
탁류인 금강 그리고 드넓은 서해
군산은 물이 많아서 좋다.

햇빛 쨍쨍한 날에도 오후면 어김없이
반듯한 길 위로 시원한 바람이 불어서 좋다.
월명공원 잡목숲들, 수시탑을 감싸는
은은한 바다 향기도 좋다.

산과 들 어느 곳이나
이야기 듣고 싶어 묻고 물으면
주렁주렁 딸려 나오는 감자알처럼
감칠맛 나는 이야기가 있어서
나는 군산이 좋다. 참 좋다.

Contents

차 례

아픈 세월 자국

1. 내 이름은 수덕산 · 18
2. 장미동에는 장미꽃이 없었다 · 20
3. 빨간 벽돌의 (舊)군산세관 · 22
4. 나가사키長崎 18은행의 몸부림 · 24
5. 탁류의 중심부 (舊)조선은행 · 26
6. 좀 더 빨리 좀 더 많이, 부잔교 · 28
7. 오사카 시세 미곡취인소(미두장) · 30
8. 신흥동 히로쓰 가옥 · 32
9. 차향 가득한 사가와芿川 · 34
10. 스모 선수와 명산동 유곽 · 36
11. 정 주사가 오갔던 콩나물고개 · 38
12. 1960년대 영화동 풍경 · 40

항쟁 길 따라서

13. 호남 최초 3.1독립운동지, 구암동산 · 44
14. 시간 여행을 떠나는 철길마을 · 46
15. 우리나라 최초의 신작로, 전군가도 · 48
16. 발산초등학교 뒤뜰 시마타니 금고 · 49
17. 1936년 임피역을 달리던 기차 · 50
18. 탑과 들노래 · 52
19. 임피중학교 교정의 나무처럼 · 54

옛 기억들

20. 오성인의 정신이 서린 오성산에 오르면 · 58

21. 말무덤 왕국, 마한 · 60

22. 세계 최초의 함포대전, 진포대첩 · 62

23. 최치원의 혼이 서린 자천대 · 64

24. 달빛이 쏟아지는 동네, 상평리 · 66

25. 조선 최고의 명당, 임피 · 68

26. 눈꽃 영롱한 설림산 속 은적사 · 70

27. 광월산 자락에 감싸인 옥구향교 · 72

군산 사람들이 좋다

28. 최호 장군 · 76

29. 소설 〈탁류〉의 작가 채만식 · 78

30. 이영춘가옥의 주인, 쌍천 · 80

31. 금석배의 주인공, 채금석 · 82

32. 역전의 명수, 군산상고 · 83

33. 산돌학교에서 만난 시인 고은 · 84

34. 나팔바지를 입은 말집 처녀들 · 86

35. 술산초 동문 체육대회가 있던 날 · 88

36. 장금도 명인의 민살풀이춤 · 89

영화 속 풍경이 있는 군산

37. 〈8월의 크리스마스〉 속 플라타너스 · 94

38. 〈화려한 휴가〉 속 제3청사 · 96

군산에서 느끼는 감칠맛

39. 시간을 기다리는 짬뽕 · 100
40. 그리움을 반죽한 단팥빵 · 101
41. 쫀득하고 고소한 군산 박대 · 102

물이 빛나는 군산

42. 월명호수에서 활짝 핀 봄을 만나다 · 106
43. 사랑을 이어 주는 은파호수 · 108
44. 바다처럼 보이는 옥구저수지 · 110

군산항은 콘텐츠다

45. 공주를 찾아가는 나리포구 · 114
46. 서울 가는 길목 서래포구 · 116
47. 죽성포구와 째보 · 118
48. 뱃고동 소리 그리운 내항 · 120
49. 군산항에 흐르는 강물 · 121
50. 내항을 힐링 공간으로 · 122

월명공원을 산책하며 근대 읽기

51. 일본의 사죄를 받으려거든 동국사로 오라 · 126
52. 보국탑아! 다시 일어나 말하라 · 128
53. 푸른 저항 3.1운동 기념비 · 130
54. 〈탁류〉를 말하는 채만식 기념비 · 132
55. 하얀 수시탑 아래서 · 133
56. 군산 시민의 스승, 이인식 선생 · 134
57. 안국사에서 흥천사로 · 136
58. 해망굴에 부는 바람 · 138

군산에서 만들어 가는 축제

59. 1930년대로 떠나는 시간여행축제 · 142

60. 선 뜨락축제를 열다 · 144

61. 선양동 해돋이축제 · 146

군산의 옛 마을을 찾아서

62. 군산 옛 마을의 흔적을 찾아서 · 150

63. 망해산에 오르면 · 152

64. 군대가 주둔했던 군둔마을 · 154

65. 박지산성 · 156

66. 금석리 배그메마을 · 158

산책하며 사색하기

67. 해망동 공원 산책 · 162

68. 은파를 산책하며 사색하기 · 164

69. 채만식문학관 근처 강변에서 · 166

70. 금강 둑길을 걸으며 · 167

71. 봄날 은파를 산책하다가 만난 작은 것들 · 168

72. 은파의 오월 · 170

고古와 신新의 노둣돌 고군산군도

73. 고군산군도에 가 보자 · 174

74. 신시도 월영산 정상에서 · 176

75. 선유팔경 · 178

76. 장자할매바위 · 180

77. 주인을 기다리는 망주봉 · 182

78. 서긍의 〈선화봉사고려도경〉 속 고군산군도 · 184

79. 지도를 바꾼 새만금 방조제 · 186

80. 우리는 모두 군산府山입니다 · 188

둘러볼 곳

수덕공원 - (구)군산세관 - 근대역사박물관 - 나가사키 18은행(근대미술
관) - (구)조선은행(근대건축관) - 부잔교 - 영화동 - 신흥동 일본식 가옥(히로
쓰 가옥) - 사가와 - 명산동 유곽 - 선양동 고개

아픈
세월 자국

군산은 우리나라 근대인 일제 강점기에 쌀 수탈의 교두보였다. 해방 후 정체된 도시의 분위기는 적
산가옥 철폐 운동의 회오리바람을 피해 갈 수 있었다. 그래서 군산에는 지금도 근대 건축물이 170
여 채 이상 남아 있다. 요사이에는 그 낡은 건축물이 근대 역사교육의 장으로서 활용되고 있다. 특
히 군산 구도심에는 문화의 원형이라고 할 수 있는 근대 길이 고스란히 남아 있다. 그래서 군산 구
도심은 전체가 마치 열린 박물관 같은 느낌이 든다. 어느 도시에서도 맛볼 수 없는 남다름과 오래된
건물이 주는 향수가 공기처럼 흐르고 있는 군산에 오면 누구나 옛 고향에 온 듯한 편안함을 느낄 수
있고, 식민 시기의 아픔을 간접적으로 경험하면서 자존에 대한 반성적 사고를 할 수 있다.
〈바랑별의 군산 이야기〉는 80개의 주제를 가지고 여행을 할 수 있도록 코스 중심으로 글을 썼다.
필자의 군산 풍경 묘사와 느낌이 여행자들이나 군산에 관심을 갖고 계신 분들에게 행복한 공감을
불러일으킬 수 있으면 좋겠다.
우리는 모두 군산이다. 적당한 거리를 두고 무리지어 있는 군산이다.

내 이름은 수덕산

지금은 사람들이 나를 공원이라고 부르죠.
내 이름을 아예 모르는 사람들도 있어요.
그런데 내 이름은 본래 수덕산입니다.

금강이 내려다 보이는 내 몸 자락에
어느 날 군산진이 이사를 왔어요.
병사들의 훈련 소리와 강바람 소리는
매우 잘 어울렸죠.

내가 온몸으로 바닷바람을 막아 주어
아늑해진 구영리와 강변리에는
진영의 군사들과 마을 사람들이
옹기종기 모여 행복하게 살았습니다.

하지만 시간이 흐른 어느 날부터인가
내 몸이 잘려 나가기 시작했어요.
일본사람들이 내 몸을 조각내서
축항공사를 시작했기 때문이에요.
아프다고 아프다고 소리쳐도
소용없었습니다.

내 언저리에서 나에게 기대어 살던
마을 사람들도 하나 둘 떠나갔죠.
나랑 친구했던 토끼도 다람쥐도
그 많던 새들도 모두 떠나갔어요.

그리고 저 멀리서 불어오는 바람이
싣고 오는 재밌는 이야기를
웅웅거리며 들려 주던 소나무와 참나무도
그 많던 들꽃들도 사라져 버렸습니다.

지금은 작아져 아주 작아져
쉼터를 제공하는 공원처럼 보이지만
내 이름은 본래 수덕산입니다.

수덕공원

장미동에는 장미꽃이 없었다

장미동에는 장미꽃이 없었다.
저장된 쌀만 있었다.

산미증산계획이 한창 진행되던
1934년 한 해 200만 석의 쌀이
일본으로 가차없이 실려 나갔다.

하루에 150량의 기차 칸에 실려
장미동 내항으로 들어오던 쌀은
농민의 피와 살이었다.

미선공들의 코끝에 맴돌던 쌀 냄새!
집에 두고 온 배고픈 아이들의 모습,

쌀더미들이 지나간 내항 뜬다리
만조와 함께 밀려오는 폭폭함, 폭폭함!

장미동에는 예쁘고 예쁜 장미꽃은 없었다.

빨간 벽돌의 (구)군산세관

군산은 1899년 5월 1일
고종황제의 칙령에 의해
서구 열강들에게 자유로운 상업 활동을 보장한
각국 조계지로 문을 열었던 도시다.
빨간 벽돌 세관도 문을 연다.
군산에서 유일한 대한제국 시절의 건물이다.

지붕 끝 뾰족함은 고딕 양식,
둥근 창문과 벽 주름은 로마네스크 양식,
화강암을 둘러 튀어나와 있는 정문은 영국 양식,
측면의 돌출된 현관과 생선비늘 같은 지붕의
동판 슬레이트는 일본 양식,
모두가 잘 어우러져서 어색함이 없이 아담하다.

김영삼 정부 때 시작된
적산가옥 철폐 운동도 용케 비켜 갔다.
방길남 세관장이 애를 써서 가능한 일이었다.
작고 아담한 건물 하나가 지켜져서
큰 아픔을 지닌 일제 세관 행정을 말해 주고 있다.

높이 자란 나무와 빌딩이 있다고 해서
작아진 것이 아니다.
정문 앞에 서 보자.
식민지 아픔을 온 천하에 알릴 만큼
아직도 키가 크다.

나가사키長崎 18은행의 몸부림

"이 금고가 채워지기까지 우리 백성들은
헐벗고 굶주려야만 했다."
건물 뒤편 차갑고 두꺼운 금고 안에
써 있는 문구이다.

이 은행은 나가사키 상인들에 의해 처음 만들어졌다.
항구가 제 기능을 잃자 국립은행이 되었고
18번째 번호를 받아 18은행이 되었다.
은행은 다른 숙주를 찾아 조선으로 이동했다.

인천에 첫 번째로 개점하였고,
일곱 번째로 군산에도 문을 열었다.
고리대금업으로 금고를 가득 채웠다.

땅을 담보로 빌린 돈을 갚지 못하면
땅을 터무니없이 빼앗아갔다.
이자를 갚으러 가면 일부러 자리를 피했다가
코딱지만 한 논까지 빼앗아갔다.

제 배만 채우려고 만든 공간이
아름답고 다양한 생각을 담은
미술관으로 변할 줄
나가사키 상인들이 꿈에라도 생각했을까?

탁류의 중심부 (구)조선은행

육중한 몸덩이가 내항 곁에 떡 버티고 서 있다.
쌀을 돈으로 바꾸고, 땅을 돈으로 바꾸고,
조선 백성의 삶을 돈으로 바꾸어 저장했던 곳이다.

1922년생이니 100살이 다 되어 간다.
그 당시에는 경성 밖에서 가장 큰 건물이었다.
겉보기에는 4층 같으나 속은 반 2층이다.
입구는 이집트 신전의 모습과 비슷하고
지붕은 일본 무사의 투구 모양이다.

투구의 중간에는 천창이 나 있다.
그곳으로는 빛이 들어가지만
새어나오는 것은 감시의 눈빛이어서
조선 백성을 분노케 했다.

은행 뒤편에는 아름드리 느티나무가
가지를 무성하게 내뻗치고 서 있다.
나무 아래에 텅 빈 비밀창고가 있어
내항까지 연결되어 있다.
유사시 사용하려는 음모였음이 밝혀졌다.

소설 〈탁류〉의 고태수가 근무했고
조선 백성의 피와 땀을 훔쳐갔으며,
식민경제의 위용을 떨치던 곳.
유흥업소로 옷 갈아입고 지내다가
화재로 만신창이가 되었던 곳.

지금은 '근대건축관'이라는 이름으로 다시 태어나
처절했던 식민지 시대의 아픔을 이야기하고 있다.

좀 더 빨리 좀 더 많이, 부잔교

항구도시라고 해서 바다만 있는 게 아니다.
바다를 향해 숨차게 달려온 강,
물결이 비단 같다 하여 붙여진 이름, 금강이 있다.
채만식 소설의 제목처럼 하구는 탁류다.
천 리를 에두르고 휘도는 이 젖줄을 따라
수많은 고을이 자리했고 사람과 문물이 흘러 들어왔다.

전북 장수군 장수읍 뜸봉샘에서 시작된 물이
도 경계를 넘어 온 동네를 휘돌아 흐르다가
서해바다 짠물과 만나는 곳
금강 하구에 군산 내항이 있다.

간만의 차는 7~8미터,
썰물 때면 시커먼 갯벌이 민낯을 드러내는데
그때마다 농게, 방게들의 놀이터가 된다.
개항과 함께 시작된 축항공사로
축대를 쌓았고 뜬다리(부잔교)가 만들어졌다.

기차와 달구지에 바리바리 실려 온 쌀가마들
더 빨리 실어가려고 밤낮으로 바빴다.
수위에 따라 자동으로 오르내렸던 뜬다리는
지금도 수탈의 현장을 기억한 채 그 자리에 서 있다.

오사카 시세 미곡취인소(미두장)

하루에도 17번씩 오사카 시세에 맞추어
가격이 결정되는 미곡거래소,
쌀과 콩이 주거래 품목이어서
미두장으로 불리었다.

군산미곡취인소 금일 미곡시세현황 1930.9.30						
품목	군산부	인천부	부산부	시모노세끼	오사카	비고
쌀	3원 20전	13원2전	13원 10전	15원 11전	13원 40전	
보리	7원 20전	7원 10전	8원 5전	9원 1전	9원 30전	
밀	6원 20전	6원 40전	6원 13전	8원 20전	8원 10전	
콩	6원 8전	6원 9전	6원 4전	7원 10전	8원 10전	
	6원1전	6원 3전	5원 30전	7원 40전	8원 30전	

오사카 항은 쌀이 가장 필요한 곳이었다.
일본 근대화는 공업화로 이어졌고
이촌향도 현상으로 농촌 인구가 급감했다.
생산비가 높아졌고 부족한 쌀은 조선에서 충당했다.

동녕고개, 해망로, 전주통으로 이어지는
사통팔달 중심지에 미두장이 세워졌다.
일확천금을 꿈꾸는 자들과 조선의
이름난 대부호 자제들이 드나들다가
돈 잃고, 땅 잃고 고향을 떠났다.

〈탁류〉의 주인공 정 주사도 선친에게
물려받은 재산을 이곳에서 몽땅 잃고
절치기꾼으로 전락하여 젊은이에게
멱살을 잡히는 꼴이 되고 만다.

미두장 건물은 광복 후 원불교 교당으로 사용되다가
한국전쟁 때 화재로 소실되었고
지금은 안내 표지판만이 서 있을 뿐이다.

신흥동 히로쓰 가옥

군산부 부의원을 지낸 히로쓰 기치자브로,
그는 미곡상으로 부를 이루어 땅도 사고
장군의 아들이 살아도 될 만큼 큰 집을 지었다.

대문보다 빨간 벽이 먼저 보이는 그 집에 들어서면,
산 대신 나무, 호수 대신 연못, 절 대신 석등.
정원에는 작은 자갈이 깔려 있다.

일본 무사시대 6대째 쇼군이 피살된 후
생명의 위협을 느껴서 밖이 두렵다고
자연을 축소해 집안으로 들여 놓으면서
굳어지게 된 일본의 전통이다.

깜깜한 밤 연못 물에 빠지면 풍덩,
자갈 깔린 길을 걸으면 뽀스락,
곳곳에 비보 장치까지 해 놓았다.

히로쓰는 유난히 부부 금슬이 좋아서
늘 정원을 함께 산책했고
2층에서 월명산을 자신의 정원 보듯 했다.

그렇게 떵떵거리고 살다가 해방이 되자
군산국민학교 운동장에 모였던 사람들과
달랑 가방 두 개만 들고 쫓겨 갔다.

그 많던 재산을 다 놔두고 쫓겨날 때
그는 무슨 생각을 했을까?

차향 가득한 사가와^{佐川}

전당포 사가와 주인,
욕심껏 재산을 불리며 살다가
해방과 함께 자기 나라로 떠났다.

적산가옥으로 방치되어 있던 집을 구입한
새 주인은 예쁜 자신의 두 딸을
키우듯 그 집을 정성껏 가꾸었다.

그 두 딸이 오랫동안 떠나 있다가
돌아와 보니 주인 없이 비어 있던 집은
동네 쓰레기장이 다 되어 있었다.
치우고 또 치우고 닦고 또 닦았다.

안방 깊숙한 곳에 있던 금고 하나,
'사가와'라고 쓰어 있는 작은 간판이 앙증맞다.
풀이해 보니 좌천佐川이란다.
'내를 받들다'로 풀이했고 내를 차로 해석해서
'사가와'라는 이름의 찻집을 열었다.

창문 너머로 아담한 정원이 보이는데
일본의 축경縮景문화가 고스란히 담겨 있다.
바닥에 깔린 하얀 돌조각들,
작고 오목한 연못, 모진 세월을 건디어 온
석물과 나무들 그리고 수수밭.

집주인은 바뀌고 또 바뀌고,
금고는 세월의 무게에 낡아가도
애정 어린 손길만은 집안 가득하다.

스모 선수와 명산동 유곽

일제 강점기 군산부 산수정(지금의 명산동),
일제 치하 명산동은 유곽 밀집 지역으로
호남에서 가장 큰 공창이었다.

명산시장 골목 끝집이던 고추 방앗간 주인은
온 생애를 시장과 함께해 온 토박이다.
들기름, 참기름, 콩, 말린 고추를 팔며
반평생 동안 유곽에서 일어난 일들을
지켜보았다고 한다.

주막집이 전부였던 군산에 게이샤가 상주하는
유곽이 생겼는데, 그것이 명산동 유곽거리이다.

조계지는 각 나라 사람들에게 물건을
사고팔기 좋으라고 만들어 준 공간이다.
그랬더니 뭐든지 사고파는 줄 알고 하룻밤도 사려고
일본 남정네들이 모여들었나 보다.

그들이 떠난 뒤 유곽거리는 명산시장이 되었고
유곽이던 칠복루는 화교 소학교가 되었다.
화교 소학교가 불나서 홀랑 타 버리고 난 자리엔
탑 하나만 무심히 서 있다.

스모 선수와 웃고 있는 게이샤와 기생이
사진 한 장 속에 어깨를 나란히 하고 앉아 있다.
태극선이 선명한 부채 하나가 방바닥에 나뒹굴고 있다.

정 주사가 오갔던 콩나물고개

선양동에 가면 고개가 하나 있다.
아리랑고개라고도 불린다.
해방 후 서점 골목이 생겼는데
그곳에 있던 아리랑서점의 이름을 따서
그렇게 불렀다고 한다.

각국 조계지로 개항된 후
원래 그 지역에 살았던 사람들은 쫓겨나
살 곳을 찾아 산 위로 올라가 토막집을 짓고
올막졸막 의지하며 살았다.
멀리서 보면 콩나물시루 같아서
콩나물고개라고도 한다.

〈탁류〉의 정 주사도 고향에서 집 팔고 논 팔아
군산으로 이사 왔다가 미두로 재산을 다 날리고
선양동 말랭이로 올라가 살았다.

주공아파트를 끼고 산이 끊어진 곳에 가면
끊어진 산줄기를 이어주는 다리 위에
정 주사가 살던 집터임을 알리는 까만 표지석이 있다.

1960년대 영화동 풍경

1945년 8월 일본군이 떠난 자리에
미군이 들어왔다.
옥구군 미면 군산비행장에 둥지를 틀었다.
그리고 영화동을 활보했다.

유엔군 사모님으로 불리던 양공주들,
씹고 난 뒤 붙였다 떼었다를 반복해서
벽을 점박이로 만들었던 쥬시후레쉬 껌,

연필 싸움에서 동아연필을 세 개나 거뜬히 해치우고도
끄떡없던 미군 부대 노란연필,
여러모로 쓰였던 먹고 버린 깡통의 위력.

일본군이 떠난 자리를 채워 달라고
우리가 부탁한 것도 아닌데
미군이 영화동 골목을 휩쓸고 다니며
흘린 기억의 편린들이
우리 뇌리를 점령하고 있다.

돌아볼 곳

구암동산 - 경암동 철길마을 - 전군가도 - 발산초등학교 시마타니 금고
- 이영춘가옥 - 임피역 - 탑동 - 임피중학교

항쟁 길
따라서

아스라한 만경 들판에 반듯한 신작로와 철길이 나란히 달리고 있다. 그 길은 군산 내항으로 이어진다. 하루에도 150량의 기차 칸에 가득 실려 내항 부둣가에 쌓이던 쌀가마 무더기들은 조선 농민들의 쓰라린 피눈물이었다.

장수군 장수읍 신무산 뜬봉샘에서 시작된 금강 줄기가 도 경계를 넘나들며 금강 하구에 이르는 곳은 예로부터 육지의 나들목이었다. 삼국시대 백제의 제 2, 3 수도가 금강 변에 자리하고 있어서 평화 시에는 금강 하구가 관문역할을 했고 전쟁 시에는 요충지였다. 백제가 나당연합군에게 멸망할 때 소정방에게 대항했던 다섯 노인의 무덤이 있는 곳이 오성산이다. 그 저항 정신은 군산에 면면히 이어져 내렸다. 호남 최초의 3.1독립만세운동이 일어났으며 전국 최초의 옥구농민항일투쟁이 일어났던 곳이 바로 군산이다. 한국전쟁 때는 군산중학교를 중심으로 전국에서 가장 많은 학도병이 지원입대했고 희생자도 가장 많았다. 그 산화된 학도병의 이름이 군산중학교 교정 충혼탑에 새겨져 있다.

군산 곳곳에는 수탈의 상처도 남아 있지만 자존을 위한 몸짓의 흔적들도 남아 있다. 그 항쟁 길을 따라가며 고마움과 자존감을 느끼는 시간을 가질 수 있다.

호남 최초 3.1독립운동지, 구암동산

1919년 3월 5일 서래장터에서 터진 만세 소리는
군산에 이어져 오는 항쟁 정신의 발로였다.
군산인의 마음에는 오성인의 정신이 흐르고
왜구를 물리쳤던 진포대첩의 기운이 흐른다.

대원군의 쇄국정책이 빚어낸 천주교 박해로
개신교는 교육, 의료, 스포츠라는 선교의 옷을 입었다.

미국 남장로교 소속 선교사가 1892년 인천항에 도착.
호남 지방 군산으로 전킨과 메리라는 부부 선교사가 왔다.
1894년 갑오농민운동이 일어나자 경성으로 떠났다가
1895년에 다시 군산 수덕산 자락에 선교 둥지를 틀었다.
1899년 군산 개항 후 수덕산 지역이 조계지가 되자
선교선이 오갈 수 있는 구암동으로 이사했다.
구암동에서 선교를 위해 구암예수병원을 만들고
영명학교와 멜본딘여학교를 세웠다.

영명학교 졸업생 김병수는 연희전문학교에 다녔다.
그는 거기서 약국 직원이었던 민족대표 33인 중 한 분인 이갑성을 만나
파고다공원에서 열릴 3.1만세운동 소식을 들었다.

독립기념문이 적힌 문서 200장을 군산으로 가져와
3,500장을 등사해서 서래장날 만세운동 때 나누어 주었다.
예정은 서래장날인 3월 6일이었으나 발각되어
하루 앞당겨진 3월 5일에 일어났다. 들불처럼 일어났다.
그 불길 익산까지 번졌고 한 달 가까이 타올랐다.

1919년 호남 최초의 3.1독립만세운동이 시작되었던
구암동산에 가면 그날의 정신을 담아
만세를 하는 듯한 35미터 높이의 구암교회도 만날 수 있다.

시간 여행을 떠나는 철길마을

1944년 봄 군산역에서 북선제지까지
기차가 오가기 시작했다.
지금의 페이퍼코리아 선이다.

우리의 굴곡진 역사만큼이나
이름도 수차례 바뀌어 왔다.

그 길은 멀리서 만나고 만나서
무슨 이야기인가 나누고 있었다.

철길 따라 조용히 걸어가 보면 시간을
나르고 있는 기차소리도 들리는 듯하다.

마당과 텃밭을 가로지르며 달리던
기차의 추억이 레일 위에 쏟아져 내린다.

느린 속삭임으로 삶의 추억을 쌓으며
사랑을 만드는 사람들도 만날 수 있다.

기차가 하얀 연기를 내뿜으며 달리던 곳,
오늘도 아련한 추억 속으로 시간 여행을 떠난다.

우리나라 최초의 신작로, 전군가도

1908년 군산에서 전주까지
쭉 뻗은 전. 군. 가. 도.
우리나라 최초의 신작로이다.

만경 들녘을 가로질러 내항으로 이어지는 길 위에
가을이 되면 휘청이게 쌀을 실은 구루마 행렬이
끝없이 끝없이 이어지고
그 옆으로는 군산선 기차가
기적 소리 요란하게 내달렸다.

길의 시작점 이름은 전주통이다.
민족 자본의 중심지인 강경으로 가는
전주 상인들의 발걸음을
군산으로 돌리려고 신작로를 만들어
지금의 고속도로처럼 이용했다.

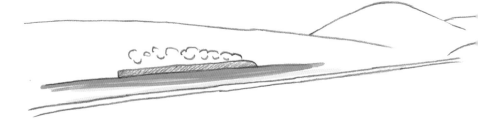

발산초등학교 뒤뜰 시마타니 금고

시마타니 야소야,
그는 대규모 농장주 중에 맨 마지막까지 버티다
결국 가방 두 개 달랑 들고 쫓겨 갔다.

개정에 살 때 엄청 큰 농장을 짓고
취미는 골동품 수집이어서 전국을 훑어
귀한 문화재들을 긁어 모았다.

농장 뒤꼍에 꽁꽁 숨겨 놓고
은밀히 보고 또 보며 즐기다가
해방이 되자 다 가져가고 싶었지만 가져갈 수도 없었다.

남아서 지키자니 조선인이 아니고
귀화하고 싶다고 해도 안 받아주니
우왕좌왕 허둥지둥하다가 쫓겨났다.

시마타니농장 마당이 발산초 운동장이 되고
농장 관사는 교실이 되고,
뒷마당 귀퉁이에는
텅 빈 시마타니 금고 하나가 서 있다.

1936년 임피역을 달리던 기차

1912년 3월 12일 개통된 군산선,
군산과 익산(이리)을 오가는 철도로
내항을 향해 만경 들판을
가로지르며 내달렸다.

임피, 서수, 술산 사람들은
쌀 두 되 값이나 되는 열차표는 엄두가 안 나서
기적 소리만 들으면서
터덕터덕 군산까지 오갔다.

1927년 임피역 앞 술산 주재소에는
일본 악덕 농장 이엽사의 횡포에 맞선
농민 대표 장태성이 주동자로 잡혀 왔었다.
농민들이 떼로 몰려와 목숨 건 시위를 했고,
임피역을 달리던 기차는 후딱
옥구농민항쟁의 소식을 도시로 실어날랐다.

해방 후에는 학생들의 꿈을 나르고
봉급쟁이들의 통근길이 되고
가족의 생계를 짊어진 생선 장수들의
새벽장 가는 발걸음이 되기도 했다.
그렇게 봄, 여름, 가을, 겨울을
어김없이 달리다가 2013년 가을, 그 걸음을 멈췄다!

탑과 들노래

만경강의 상류인 탑천이 멀리 보이는 동네 이름이
탑동인 것은 3층 석탑이 있기 때문이다.
고려시대에 만들어졌지만 백제 양식을 띠고 있다.
이 지역 사람들은 자신들이 백제인임을 잊지 않았었나 보다.

어릴 적 소풍 때 보았던 3층 탑은 키가 컸지만
지금은 작게 보인다.
그 날씬한 몸으로 만경들을 바라보며
온갖 삶의 소리를 다 들었겠지.

특히 들판에 울려 퍼지는
농민들의 애환이 섞인 들노래를
너무나 잘 들었겠지.

농사를 지어 봤자 자기 몫도 아닌데
땡볕도 아랑곳하지 않고 허리 굽혀 일해야 하는
그 서글픔을 잊으려고 애잔하게 부르던 노래,
아직도 그 노래가 만경 들판에 울려 퍼지는 것 같다.

임피중학교 교정의 나무처럼

중학교 1학년을 다니다 외지로 전학한 후
40년 만에 찾아간 임피중학교 교정,
넓은 운동장과 이름 모를
아름드리 고목들이 반긴다.

중학교 다닐 때는 몰랐다.
그곳이 악독한 일본 지주의 농장이었다는 것을.
운동장은 나락을 말리던 건조장이었고,
교실 뒤꼍에 남아 있는 시멘트 구조물들은
농장 관사 밑바닥에서 나온 조각들일 수 있다는 것을.

잘생긴 전나무, 삼나무, 회화나무, 느티나무,
중국단풍나무, 배롱나무, 고로쇠나무,
팽나무 그리고 상수리나무, 붉은소나무,
느릅나무, 소나무, 아까시나무 등이
하늘 향해 쑥쑥 커서 가지를 쭉쭉 뻗어
굵직하게 나이 듦으로 제자리를 지키고 서 있다.

교정 한 귀퉁이엔 이엽사 악덕지주의 횡포에 대항해
전국을 들썩거리게 했던 항쟁의 소리도 모아 모아져
옥구농민항일투쟁비로 서 있다.
긴 세월을 견딘 굵고 커진 나무처럼
항일의 자주 정신과 나무의 곧게 뻗은 모습이
묘하게 어우러져 푸른 하늘을 더 드높인다.

교정에는 임피중학교 2대 교장이던
춘고 이인식 선생님의 흉상도 있다.
만석꾼의 아들로 태어나
3.1운동에 참여해 옥고를 치른 후
물려받은 모든 재산을 독립운동에 희사하고
후진 양성에 몸 바친 선생님의 정신도
곧게 뻗은 나무처럼 서 있다.

돌아볼 곳

오성인의 무덤이 있는 오성산 - 말무덤이 있는 군산대 뒤편 관여산
- 진포테마 해양공원 - 옥구향교의 자천대 - 옥구현이었던 상평리
- 임피향교 - 은적사

옛 기억들

북으로는 금강, 남으로는 만경강과 동진강, 그리고 서해가 인접해 있어서 고속도로 4개를 끼고 있는 군산은 예로부터 해양 물류 유통의 중심지였으며 농사짓기에 편리한 곳이었다. 그뿐만 아니라 염전이 발달되어 있어서 소금과 바꾸려고 물건을 가지고 많은 사람들이 오고갔다. 예로부터 많은 사람들이 모여 살았던 흔적이 신석기 시대는 패총 속에서, 삼한시기는 왕급의 지배자가 사용했던 말무덤 속 환두대도로 남아 있다.

백제의 제2, 3의 수도가 금강 줄기에 있어서 금강 하구는 전쟁 시에는 요충지가 되었고 평화 시에는 새로운 문물의 관문역할을 했다.

흔히 군산 하면 근대를 떠올린다. 그러나 군산은 시간박물관처럼 정착 생활이 시작된 신석기로부터 근대에 이르기까지 시기별로 조상들의 지난한 삶의 흔적이 고스란히 남아 있는 곳이기도 하다. 그래서 어떤 이들은 군산을 한국사의 축소판이라고 한다.

오성인의 정신이 서린
오성산에 오르면

오성산 정상에 무덤 다섯 개가
나란히 누워 있는 걸 보니
사이좋은 한편이었음을 알겠다.

그것도 의로운 기로 똘똘 뭉쳐서
죽음도 마다하지 않고 함께
입을 다물었던 한편이었음을 알겠다.

짙은 안개로 표현된 백제군들은
금강 하구인 오성산 주변에서
장렬한 죽음으로 맞서 싸웠다.

나당 연합군 소정방도 사비를 점령하고
돌아가는 길에 그 죽음을 기려
오성산 꼭대기에 무덤을 만들었다.

그 정신이 면면이 흘러 호남 최초의
3.1독립만세운동으로 이어졌고,
옥구농민항쟁으로 거듭났다.

들판을 적시며 유유히 흐르는 비단물길은
오성산 자락을 휘감아 돌며
오성인의 장렬함을 전하고 있다.

말무덤 왕국, 마한

군산대 뒤쪽 관여산에서 발견된 말무덤,
무덤 폭이 27미터에 이르고
마한 시기에 만들어진 것이다.
군산에는 그런 무덤이 수두룩하다.

한반도 서해 중남부에 위치한 군산은
북으로는 금강, 남으로는 만경강이
서해를 향해 달려가는 그 사이에
너른 들판이 있는 살기 좋은 곳이다.

산수가 수려하고 먹거리가 풍부해서
전국에서 이고지고 이사와서 살았던 곳이다.
그들은 지도자를 원했다.
왕급의 지도자는 환두대도를 사용했고,
말을 잡아 기우제를 지냈다.

선사시대 사람들이 먹다 버린 조개무덤,
애기바위 전설이 담긴 고인돌, 말무덤,
이 모두가 사람들이 북적거리며 살았던
시대의 흔적들이다.

세계 최초의 함포대전, 진포대첩

풍부한 물이 너른 들을 적시는 곳
천리를 달려온 강줄기에 포구가 여러 개 생겼다.
그 포구를 중심으로 상업 활동이 일어나고
진이 생기니 고려시대에는 진포라고 불렀다.

고려시대 12개 세곡 창고 중 하나인 진성창이
금강 하구 들판인 지금의 성산면 창오리에 있었다.
약탈의 군침을 흘리던 왜구들은 기어이
고려 우왕 6년에 쳐들어왔다.

500척의 대선단을 끌고 온 왜구가
밀물이 무서워 배를 일렬로 묶어 놓았는데,
최무선 장군이 함포가 장착된 100척의 배로
왜선을 송두리째 불살라 버리고 대승을 거두었다.

겨우 살아남은 왜구 300여 명은
남쪽으로 도망가다 운봉에 다다랐을 때
기다리고 있던 이성계가 전멸시켰다.
진포대첩과 황산대첩으로 왜구는 뜸해졌다.

물길이 좋고 먹거리가 풍부해
늘 외침의 표적이 되었던 수덕산 언저리,
군산 사람들의 사랑과 애환이 서린
삶의 발자취가 묻어 있는 이곳이
세계 최초의 함포대전이 벌어졌던 진포이다.

최치원의 혼이 서린 자천대

신라 말의 대학자 최치원은
자천대에서 글을 읽었다.
그 소리가 하도 낭랑해서
당나라까지 들렸다고 한다.

서해를 건너 당으로 간 최치원은
외국인을 위한 과거 시험에
당당히 합격했다.

토황소격문으로 황소의 난을 잠재웠을 만큼
위대한 필력의 최치원,
그의 어린 시절 이야기가 자천대에 새겨져 있다.

하제 바닷가의 보라색 바위,
그 그림자로 보라색 물이 되는 곳,
누각을 세우고 자천대라 불렀다.

미군 비행장이 생기면서
자천대 자리는 흔적도 없이 사라지고
누각도 옥구향교로 옮겨졌다.

그 자천대에 걸터앉아
최치원이 품었던 해민의 꿈을 그려 본다.

달빛이 쏟아지는 동네, 상평리

옥구읍 상평리에 가면 마을 어귀에
동문과 서문이 옛 모습 그대로 있다.
열고 닫는 문은 아니지만 문이다.

동문을 들어서면 커다란 당산나무가
하늘을 덮을 듯 가지를 펼치고 서 있다.
좁은 통로 같은 서문을 벗어나면
감춰졌던 동네가 확 펼쳐진다.

지대가 높고 평평한 상평리에는
달빛도 머문다는 광월산이 있다.
장군이 북을 치는 형국이어서
인물이 많이 났다고 한다.
조선말 의병장인 임병찬의 고향이기도 하다.

일본인들은 관아를 헐고 학교를 만들었고,
광복 후에는 미군이 무기를 실어나르기 위해
상평리 남문에 철길을 놓았다.
지금은 폐교가 된 학교도 녹슬어가는 철길도
모두 우리의 자화상이다.

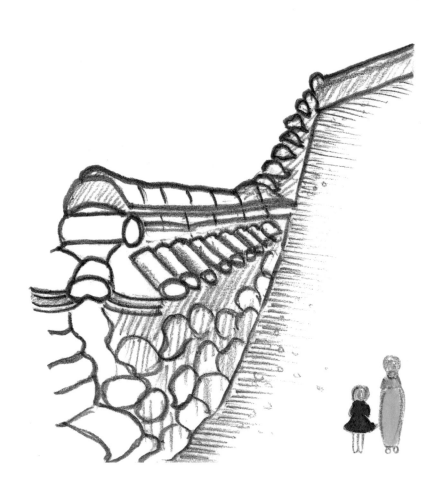

조선 최고의 명당, 임피

내 고향은 옥구군 임피면 월하리인데
1995년 시군 통합 때 군산시가 되었다.
조선시대에는 옥구보다 임피가 더 컸다.
현감이 있었고, 완벽한 토성인 읍성과
요즈음의 공립학교인 향교가 있었다.

조선왕조실록에는
임피가 조선 최대의 명당이라고 적혀 있다.
임피에는 용절리, 마룡리, 와룡리 등
'용龍' 자가 들어간 마을 이름이 많다.

'용구녁'이라는 곳도 있는데
국민학교 가던 길목에 있던 수렁이다.
그곳에 빠지면 들판 끝에 흐르던
만경강 상류인 큰 강(탑천)으로
솟아오른다고 해서 근처를 지나가자면
등줄기가 오싹했었다.

여기저기 물이 솟아나서
가뭄이 들어도 물자세* 하나면
농사짓기 넉넉했던 임피는
조선 최고의 명당이었다.

  * 물을 길어올리는 농기계를 뜻하는 무자치의 전라도 방언

눈꽃 영롱한 설림산 속 은적사

설림산에 겨울이 찾아오면 눈꽃이 핀다.
수풀에 매달린 눈송이가 산을 뒤덮는다.
그 끝자락에 푹 안겨 은적사가 있다.

이름만 들으면 깊은 산속 고즈넉하게 들어앉은
풍경소리 은은한 산사가 떠오르건만
정작 가 보면 행길에서 한 마장 거리다.

사찰 마당의 고목 한 그루와
오층석탑이 세월을 노래하고 있다.
신라시대 원광국사가 세웠다고도 하고
신라 말 소정방이 세운 천방사라고도 한다.

수도승이 삶을 마감하기 전에
은밀하게 수도를 하기 위해 들렀다는 은적사,
봄과 가을이면 설림산과 하나되어
어린 시절 소풍의 추억을 되살려 준다.

광월산 자락에 감싸인 옥구향교

산마루에 떠오르는 달이 아름다운 상평리
그곳에는 옥구현 관아가 있고
조선 초기에 세워진 옥구향교도 있다.

학습과 제사의 공간인 향교,
그곳에 들어가려면 홍살문을 지나야 한다.
신성한 공간에 악귀가 들어오면 안 된다고
붉은색 기둥과 창살이 박힌 홍살문을
우뚝 세워 놓았다.

향교 안에는 나이 먹은 은행나무 한 그루가 있는데
학자수라고도 불린다.
꽃이 피면 반드시 열매를 맺듯이
학습의 열매를 맺으라고 온몸으로 말한다.

그 안에는 단군 사당도 있고,
세종대왕 숭모비도 있고,
최치원을 기리는 문창서원,
하제 바닷가에서 이사 온 자천대도 있다.

마당을 걷다 보면 학동들의 꿈과 발자국이
구석구석에 남아 옛 이야기를 전하고 있다.

만나야 할
사람들

삼인보검 최호 장군, 탁류의 채만식 선생님 , 쌍천 이영춘, 채금석 선생님,
군산상고 야구팀, 고은 선생님, 말집 처녀들, 술산초 동문, 장금도

군산
사람들이 좋다

너른 들과 강 그리고 구릉진 산들과 호수가 있는 군산에는 신석기부터 많은 사람들이 살았다.
한곳에 정착해서 살기 시작했던 신석기 사람들도 모두 이 지역 사람이다. 많은 유적들이 군산 사람
들이 예부터 어떻게 살아왔는지를 말해 준다.

누군가 그랬다. 군산 사람들은 걸음이 빠르다고. 아마도 오후면 어김없이 불어오는 해풍 때문에 옷
깃을 여미고 빠른 걸음으로 걷는 것이 자기도 모르게 습관이 되었기 때문인 것 같다. 지형이 기후를
바꾸고 문화까지도 다르게 만든다.

군산의 역사는 한국사의 축소판이라고 말할 수 있다. 일제강점기 때뿐만 아니라 6.25전쟁 직후 이
데올로기의 각축장이 되기도 했다. 그 역사의 고비마다 희생도 마다하지 않고 치열한 삶을 살아낸
군산 사람들이 좋다.

최호 장군

최호 장군이 하사받은 삼인보검.
호랑이 해, 호랑이 월, 호랑이 일에
만들어졌다 해서 삼인보검이다.
1590년 임진왜란 직전 최호 장군의 공덕이 크다고
선조가 하사한 보검이다.

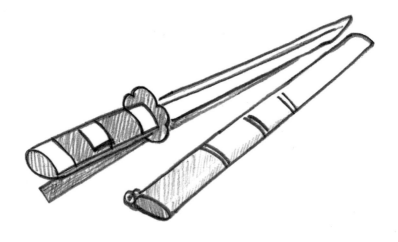

장군은 용맹스러운 집안 출신이다.
소수정예로 왜군을 무찔렀고
선조의 몽진을 도왔으며 이몽학의 난을 평정했다.
원균의 부하로 칠천량 해전에 참가해 전사한다.

너른들(대야)을 지나 지네를 닮았다 하여
오공혈이라 부르는 고봉산 근처에 가면
장군의 사당과 생가를 만날 수 있다.

장군의 가묘 앞에 서면 큰 뜰(대야)이 펼쳐진다.
지척에 보이는 동네는 와룡리,
승천하려는 용이 누워서 하늘을 보는 모습이다.

군산에는 자연 환경에 걸맞은 인물이 많다.
그중 대표적인 인물이 최호 장군이다.

소설 <탁류>의 작가 채만식

백릉 채만식의 고향은 임피읍 읍내리다.
임피국민학교를 다녔다.
방죽이 많고 들이 넓은 임피에서
부농의 6남매 중 다섯째로 태어났다.

서울로 유학 가 보성고등학교를 졸업하고
일본 와세다 대학에 들어갔다.
형이 미두와 광산에 손을 대서 가세가 기울자
대학을 중퇴하고 서울로 왔다.

미두의 피해를 너무도 잘 경험하고
그 속내를 속속들이 알게 된 작가는
불나방처럼 달려드는 미두장 놀음판
그 부조리 속에서 조선인들의 정신까지도
탁류처럼 흐려져 가는 모습을 글로 썼다.

군산에는 〈탁류〉 속 공간적 배경인
거리와 건물이 그대로 남아 있다.
고태수가 다니던 조선은행,
정 주사가 걷던 째보선창, 한 참봉 쌀가게,
명임이가 팔려간 명산동 유곽거리,
초봉이가 근무하던 제중당약국,
정 주사네 집으로 오르는 콩나물고개 등이다.

돈이 최고가 되고 전통적인 가치가
송두리째 무너져 내린
혼탁한 시기를 풍자와 해학으로 풀어낸
〈탁류〉 속 인물들이 오갔던 거리를 걷고 싶거든
군산에 가 보자.

이영춘가옥의 주인, 쌍천

300년쯤 되었을까.
입구에는 은행나무가 가지를 뻗치고
하늘을 가리고 서 있다.
그 나무 아래 수수발(손을 씻는 도구)이
쓰러진 채로 누워 있다.
백두산 낙엽송으로 벽을 장식하고,
청석으로 지붕을 이었으며,
실내는 유럽식, 한국식, 일본식을 혼합한
근대 건축물이다.

웅본농장 주인 구마모토가 지은 별장이었다.
해방 후 이영춘 박사가 이 집에서 살았다.
그래서 이영춘가옥이라고 부른다.

수의사는 있었지만 3천 가구 2만여 명의
소작인을 치료하는 의사는 없었다.
이영춘 박사는 스승의 추천을 받아 33세에
고통 받는 농민을 위해 시골 농장의 공의로 왔다.

이영춘 박사는 농민의 아픔을 지나치지 않았고
어린이의 배고픔도 외면하지 않았다.
흉년이 든 어느 해, 싸래기로 쑥개떡을 만들어
개정초 아이들을 먹였다.

이영춘 앞에는 최초라는 수식어가 붙는다.
한국인 교수로부터 최초로 박사학위를 받은 한국인이며
의료보험, 양호교사 제도, 학교 급식을 최초로 실시했다.

부귀와 편안한 생활을 마다하고 벽지 의사의 길을 걸었고
가족의 생계조차 돌보지 못하고 고난의 길을 걸었던
이영춘 박사의 채취가 여기저기에서 묻어난다.
영혼과 육신을 상징하는 두 개의 우물, 쌍천雙泉,
이영춘 박사님은 우리 시대 보배, 한국의 슈바이처다.

금석배의 주인공, 채금석

19세기 말 군산에 서양 선교사들이
축구와 야구를 가지고 들어왔다.
짚신 신고 소 오줌통으로 공을 차고,
한복을 입고 야구를 하던 시절이 있었다.

선교사가 세운 알락소학교 운동장에서
발이 빨랐던 어린 채금석은 맹훈련 후에
서울 경신학교에서 선수로 활약했다.

광주학생의거에 연루되어
퇴학당한 뒤 축구에만 전념했다.
오토바이라는 별명까지 얻으며 종횡무진 뛰었다.

뛰는 발에 맞추어 조국을 사랑하는 마음도 뛰어올랐다.
이른 은퇴 후에는 고향에 내려와
후배들에게 축구 기술을 가르쳤다.

전국적인 금석배가 열리는 군산 월명체육관에서는
해마다 작은 공 하나가 큰 꿈을 펼치며
신나게 구르고 있다.

역전의 명수, 군산상고

복더위를 씻어 준 백열의 결전
3도는 흥분 속에 휩싸여 승자도 패자도 울었다.
군상상고가 황금사자기를 쟁취하던 날
시민들은 춤을 췄고
'만세'라는 기사가 났다.

제26회 황금사자기 결승전이 펼쳐졌던
1972년 7월 19일 이후
군산에서는 거리 퍼레이드가 흔한 일이 되었다.

창단한 지 얼마 되지 않은 신출내기들이
9회 말 기적 같은 역전승을 이루어낸 것이었다.
이날의 경기는 한국 야구 100년사를
화려하게 수놓은 최고의 명승부였다.

기억 속에 담긴 선물 같은 추억이
가슴 두근거림으로
다시 한번 희망을 갖자고
다시 한번 일어나자고
재촉하고 있다.

산돌학교에서 만난 시인 고은

우리는 속이 상하면 거리의 돌을 뻥 찬다.
생명이 없는 것을 꼽으라면 거침없이 돌이라고 말한다.

그런데 그 돌이 살아있단다. 그래서 산돌학교란다.
산돌들이 고은 시인을 모시고 전시회를 열었다.

군산시간여행
산돌 추억의 교실

나의 살던 고향은 꽃피는 산골♪   쉬는시간
음악시간   칠판지우개 던지며
풍금 소리 박자 맞춰   장난치던 땡볕에
따라 불렀던 고향의 봄   분필 가루...
                                 몽당연필...

고은 시인은 산돌학교 아이들의 이름을
한 명 한 명 불러 주셨다.
이름 하나하나에서 정겨움이 묻어났다.
한 편의 시를 낭독하는 것 같았다.
이름 속 의미를 마음에 담아 부르는 시!

고은 시인은
"우리 모두는 발달장애를 갖고 있다"고 하셨다.
순간 전율이 느껴졌다. 맞다! 옳은 말이다.

"제도권 밖에서 뜻있는 사람들이 모여
희로애락이 담긴 산돌학교를 만들고,
어린이들을 크게 꾸며 주신 것에 감사한다."
고은 시인의 인삿말이다.

산돌들과 고은 시인이 함께하는 모습이
아름다운 한 폭의 시화처럼 보기 좋았다.

나팔바지를 입은 말집 처녀들

고향 동네 끄트머리에
말을 키우는 집이 있었다.
말집은 우리 동네에서
신작로와 가장 가까웠다.

신작로에는 임피역에서 기차를 타고
군산과 이리(익산)로 통학하는
학생들이 줄지어 오갔다.

기차에 실려 온 유행이
말집에 가장 먼저 도착했다.
그 집 처녀들은 유행의 첨단을 걸었다.

어느 날은 나팔바지를 입고 트위스트를 추고
어느 날은 미니스커트를 입고
삐딱구두로 엉덩이를 뒤흔들며
옆 동네 총각이랑
데이트를 한다는 소문이 자자했다.

나에게 먼 이국 이야기처럼 들리곤 했던
그 집 처녀들에 대한 소문.
이제는 백발이 성성한 노인이 되었겠지.
문득 맏집 처녀들이 보고 싶다.

술산초 동문 체육대회가 있던 날

무르익은 봄 햇살이 운동장에 가득하다.
28~38회 졸업생이 전국에서 모여들었다.
품으로 스며드는 산들바람도 친구처럼 정겹다.

초등학교 운동회처럼 운동장에 천막을 치고
끼리끼리 모여앉아 시간 여행을 즐긴다.
풍선 터트리기, 줄넘기, 훌라후프 돌리기
미니축구, 2인 1조 달리기, 꼬마야 꼬마야,
기수별로 티셔츠를 맞추어 입고 신이 났다.

1년에 한 번씩 쉰을 넘긴 동문끼리
어릴 적 다니던 모교에서 즐기는 운동회는
그 자체만으로도 마냥 즐겁다.

옛날보다 작아진 플라타너스와 담장,
좁아진 운동장에서 모두가 하나가 된다.
늘 아쉬움을 뒤로한 채 헤어진다.

장금도 명인의 민살풀이춤

군산 장미동 장미갤러리 공연장에서 예기 장금도 선생의
민살풀이춤과 부채춤을 재현하는 공연이 있었다.

시간의 벽을 뚫고 갑자기 나타난
한 송이 꽃의 향기가
너무 아련해서 눈물이 났다.
군산 소화권번 출신의 예기 장금도,
우리가 관심을 갖고 사랑하며 기억해야 할
소중한 군산의 무형문화재이다.

소화권번이라는 말을 들으면 흔히 기생을 떠올린다.
그러나 명월관의 기생과 소화권번의 예기는 다르다.
그 당시 군산에는 군산권번, 소화권번, 보성권번,
이렇게 세 개의 권번이 있었다.
권번이란 중앙에 있는 장악원이 일본에 의해 폐쇄되면서
고향으로 내려간 기생들이 우리의 전통을 지키려고
모여서 만든, 예기들을 길러냈던 주식회사다.
지금으로 말하면 고등예술학교이다.

1928년 출생인 장금도 선생은
12살에 군산소화권번에 입학해서
도금선 선생으로부터 춤을 사사했다.
그 당시 북쪽에는 최승희, 남쪽에는 도금선이 최고의 무용수였다.
그 최고의 무용수들에게 민살풀이춤과 부채춤을 전수 받았다.

위안부로 끌려가지 않으려고 일찍 결혼을 하면서
40년 동안 춤과는 인연을 끊고 두문불출하다가
83년부터 다시 춤을 추기 시작했다.
국립극장, 서울 예술의전당에서도 추고,
프랑스에서도, 미국에서도 추고……

대진대 신명숙 교수는 1991년에 장금도 선생님을 만나
20여 년 이상 춤을 사사하여 민살풀이춤의 명맥을 이어가고 있다.

흔히 볼 수 있는 살풀이와 부채춤은 모두
손에 도구를 들고 춤을 춘다.
그러나 장금도 선생의 춤은
아무것도 들지 않고 오직 몸으로만 춘다.
장금도 선생은 신명숙 교수의 요청으로
89살의 몸으로 무대에 올라 춤을 추셨다.
그것도 신발까지 벗고서
허리가 구부러져 작아지고 뻣뻣해진 몸도
흘러나오는 유연한 흥을 막을 수 없었다.

신랄한 시대의 공동체와 개인의 아픔이
고스란히 녹아 있는 춤사위가
가락에 맞춰 너울너울 말을 한다.
그냥 눈물이 났다.

돌아볼 곳

신흥동 일본식 가옥 - 8월의 크리스마스 - 옛) 제3청사 - 해망굴
- 부잔교 - 째보선창 - 둔율동 성당

영화 속
풍경이 있는
군산

군산에서는 400여 편의 영화가 촬영되었다. 영화감독들에게 군산은 70~80년대를 배경으로 하는
영화 촬영지로 제격이라고 한다.

〈8월의 크리스마스〉, 〈남자가 사랑할 때〉, 〈변호인〉, 〈화려한 휴가〉, 〈장군의 아들〉, 〈타짜〉 등
많은 유명한 영화들이 촬영되었다. 수많은 사람들이 군산의 도심 풍경을 보았다. 그러나 안타깝게
도 군산이 주인공이 된 영화는 없다. 그저 서울의 변두리 지역으로 나온 것이 고작이다. 특히 〈8월
의 크리스마스〉는 거의 모든 장면을 월명동과 신흥동에서 찍었으나 서울의 변두리로 설정이 되었
다. 정원이 흥천사에서 서초등학교 앞쪽으로 오토바이를 타고 내려오는 장면과 비올 때 비닐우산
속 데이트 장소였던 월명동 골목, 사라진 느티나무를 발로 차며 사진관을 바라보는 다림, 그런 영화
속 장면들이 그대로 있는 월명동 골목을 걷기만 해도 아련한 향수에 젖는다.

<8월의 크리스마스> 속 플라타너스

한석규와 심은하 주연의 <8월의 크리스마스>
영화 속에서는 플라타너스가 두 그루다.
사진관 앞 플라타너스에 기댄 다림은
닫힌 사진관을 보며 서성댄다.

흥천사의 경사진 길 위로 오토바이를 타던
정원의 머릿결이 바람에 흩날린다.
정원과 다림의 일상을 채우는 웃음소리.

무성한 플라타너스 아래 서성이던 다림,
비 내리는 날 비닐우산 속 최고의 데이트,
닫힌 사진관 앞으로 무심히 떨어지던 나뭇잎.

추억이 아닌 현재가 된 사랑을 간직한 채
죽음을 맞이한 정원에게 8월은 선물이었다.
지금은 한 그루만 남아 있는 플라타너스가
그날을 추억한다.

<화려한 휴가> 속 제3청사

전군가도가 시작되는
전주통 끝자락에 자리한 조선식량영단 건물
몇 년 전까지 군산시 제3청사로 사용했다.

광주민주화 운동의 진압 작전명이기도 했던
영화 〈화려한 휴가〉의 촬영 장소가 되어
훌륭히 제 몫을 다했다.

일제강점기에도 견디었고
한국전쟁도 너끈히 견디었으니
군사 독재 시절의 생채기 역할쯤은
충분히 해 낼 줄 알았다.

모던한 라운딩 몸체가 품고 있는 아우라는
민주를 향한 자주의 유연성을 닮은 듯하다.

1981년의 봄
〈화려한 휴가〉 속으로 달려갔던 제3청사가
다시 제자리로 돌아와
전군가도가 시작된 첫 자락에 서 있다.

먹거리 자랑

짬뽕, 단팥빵, 박대

군산에서
느끼는 감칠맛

군산에는 산과 들, 강과 바다가 모두 있다. 호수도 있다. 풍부한 먹거리는 군산만의 맛깔스런 음식으로 변해서 사람들의 입맛을 돋운다. 줄을 길게 서서 기다려야만 먹을 수 있는 짬뽕과 단팥빵은 기다림 때문에 더 감칠맛이 느껴진다.

흔히 군산만의 특별한 생산품이 없다고 한다. 그러나 그런 말은 워낙 다양한 생산물이 나오기 때문에 한 가지를 특별하게 꼽기 힘들어서 나온 말 같다. 짬뽕, 단팥빵, 흰찰쌀보리, 박대, 울외 장아찌 등이 있고 그중 울외 장아찌의 재료가 되는 술지게미는 이곳 군산에서만 유일하게 생산된다.

시간을 기다리는 짬뽕

허름한 간판 옆으로
길게 늘어선 줄에서 소리가 난다.
소문을 듣고 먼 길을 달려온 젊은이들이
맛 줄을 만들어 내는 소리다.

시간을 기다리며 쌓아가는 추억,
한 그릇 수북히
바다에서 난 것과
육지 난 것들의 어우러짐,
그 얼큰한 매력에 끌린다.

허름한 식탁 위에 놓인 짬뽕,
그 기다림과 소문의 맛이
속을 개운하고 따뜻하게 한다.
꼭 한번 먹어 볼 맛이다.

그리움을 반죽한 단팥빵

110년 전 일본에서 살다가
대한해협을 건넌 히로세 야스타로.
군산에 이즈모야 화과점을 열었다.
부자로 살았지만 해방 후에는
자기 나라로 돌아갔다.

해방 후에는 이석우 씨가 맡아
이 씨 성을 가진 가게라고
'이성당'이라고 했다.

단팥죽, 팥빙수, 야채빵, 단팥빵,
아이스케키도 팔았다.
청춘남녀들의 데이트 장소였던 이성당,
구석구석에 달콤한 그리움이 소복이 쌓여 있다.

해가 나도 비가 내려도 아랑곳하지 않고
단팥빵을 기다리는, 길게 늘어선 줄 사이사이에
달달하고 고소한 추억이 익어간다.

쫀득하고 고소한 군산 박대

군산에는
찾아온 손님
박대하면 벌 받고
박대 대접하면
복 받는다는
말이 전해진다.

껍질을 곱게 벗겨
햇볕에 꾸득꾸득
말렸다가

노릇노릇하게
잘 구워서
쭉쭉 찢어 주시던
외할머니를
생각나게 하는
고소한 박대는

쫀득쫀득
그야말로
군산의 맛이다.

박대구이 하나면
밥 한 그릇 뚝딱이다.

월명호수 - 은파호수 - 옥구저수지

물이 빛나는
군산

군산은 물이 많다. 서해 옆에 있어서이다. 북쪽으로는 금강이 흐른다. 남쪽으로는 만경강과 동진강
이 흐르고 도심에는 호수들이 있고 들판에는 커다란 저수지들이 있다. 어디를 가나 물이 햇빛에 반
짝거린다. 바람이 불면 크고 작은 파랑이 인다. 큰 가뭄에도 물이 부족할 때가 거의 없다. 걷다 보면
어디에서고 물을 쉽게 만날 수 있는 군산은 물빛으로 편안하게 빛나는 도시다.

월명호수에서 활짝 핀 봄을 만나다

군산群山은 지명에서도 알 수 있듯이 산이 많다.
산과 산 사이에 호수도 여러 개다.
도시 가운데 숲도 있고 호수도 있다.

봄날 월명산 속 월명호수를 걸었다.
월명산은 국수나무 군락지이다.
줄기 속이 국수가닥 같아 붙여진 이름이다.

산책로에서 만날 수 있는 식물은 피막이,
노린재나무, 소나무, 붉나무, 자귀나무, 개나리,
철쭉, 상수리나무, 굴참나무, 떼죽나무, 개불주머니,
국수나무, 왕버드나무, 오리나무 등이다.

왕버드나무가 눈길을 끄는데
물속에서도 살고 거꾸로 삽목을 해도 살기 때문이다.
뿌리를 밖에 내놓고도 육중한 가지를
뻗어 내는 생명력은 감동이다.

무르익어 가는 어느 봄날에 만난 월명호수는
노랑, 분홍, 초록 빛깔로
활짝 핀 봄을 노래하고 있었다.

사랑을 어어 주는 은파호수

쌀뭍방죽이라는 이름으로
예부터 그 자리에서
하늘을 가득 담고 있었다.
호수에 구름이 흐르고 햇살도 노닐고
그 물속 물고기도 새가 나는 듯 헤엄을 친다.

봄이면 벚꽃 눈처럼 흩날리고
여름이면 은빛 물결로 반짝인다.
가을에는 별빛이 쏟아져 내리고
겨울이 되면 온통 하얀 세상이 된다.

호수를 가르는 물빛다리
해거름이면 오색으로 불이 밝혀지고
호수 위로 잔잔한 그림자를 내린다.
물빛다리를 걸으면 사랑이 이루어진다.

바다처럼 보이는 옥구저수지

어은리에 있는 옥구저수지는 바다 같다.
지명을 따라 마산방죽이라고도 부른다.
군산에는 간척으로 만들어진 땅이 많다.
밀물이 들어오기 전에 갯벌을 막기만 하면
쌀이 나올 땅이 될 것 같아 얼른 얼른 막아서이다.

땅이 생겨 농사지을 민물이 필요해지자
1921년부터 1923년까지 일본인들이
군산, 김제, 부안에 사는 조선인들을 동원해서
2,000ha나 되는 옥구저수지를 만들었다.

옆 동네에는 길 폭이 열댓 자나 된다는
열대자마을을 만들고,
일본 이주민들을 불러들여
농사지으며 살라고 불이농촌을 만들었다.

조선인이 간척하고 조선인이 만든 탱크형 저수지,
그 물을 이용해서 농사를 지었고
열댓 자나 되는 큰 신작로로 거기서 난 쌀을 팍팍 실어갔다.

지금은 그 옆 미군 비행장에 생활용수를 대주고,
신문 용지 회사인 페이퍼코리아에도 공업용수를 주고,
스물두 명의 어민들에게는 물고기를 나누어주고 있다.

돌아볼 곳

나리포구 - 서래포구 - 죽성포구(째보선창) - 내항 - 해방동 - 비응항
- 신시도

군산항은
콘텐츠다

군산의 강물빛, 천리를 에둘러 닿은 서해로 옥빛도 아니고 잿빛도 아닌 생명이 가득한 탁류로 흐른
다. 군산은 탁류가 넘실대는 항구다. 그리고 정든 사람을 떠나보내는 이별의 항구가 아니라 수탈의
항구였다.

예부터 금강 하구에 형성된 포구는 강경까지 이어지는 상권을 형성하고 있었다. 그러나 갯벌이 차
오르는 바람에 큰 배의 출입이 불편해져서 포구가 하구쪽으로 이동하기도 했지만, 일제는 자신들
의 목적을 위해서 의도적으로 포구의 기능을 폐쇄시키고 새로운 포구를 만들었다.

지금은 포구의 기능을 잃고 갯벌에는 숨이 막힐 것처럼 폐선들만 쓸쓸하게 널브러져 있지만 그 주
변의 유적지와 함께 스토리텔링의 자원으로서 다시 살아나야만 한다.

공주를 찾아가는 나리포구

공주산 앞 나리포구,
폐선 두 척만 덩그마니 묶여 있다.
이곳에는 언제부터 포구가 형성되었을까?
배가 언제까지 이곳을 드나들었을까?

"공주산은 현의 북쪽 13리(약 5킬로미터)에 있는데
전하는 말에 따르면 공주로부터
떨어져 나왔기에 붙인 이름이라고 한다.
공주산 밑이 진포인데 민가가 즐비하고,
배 부리는 것을 상업으로 한다."

『신증동국여지승람』 新增東國輿地勝覽
임피현 산천조에 나오는 기록이다.
이것을 통해 나리포구는 조선시대 초에도
상당한 규모의 어촌이었음을 짐작할 수 있다.

경종 2년에 제주도에 심한 기근이 들었다.
영남에서는 4천 석을 호남에서는
3천 석을 제주도에 보내서 구휼을 했다.
이때부터 나리포는 제주도를 돕기 위한
무적의 포구가 되었고, 이로 인해 군산에
제주 고 씨가 많이 거주하게 되었다고 한다.
수많은 어선과 많은 종류의 수산물들이
들고나는 곳에는 객주들이 북적거렸다.

일제 강점기에는 군산항에서 출발한 여객선이
강경으로 올라갈 때 경유하였던 곳이 바로 나리포구다.

1991년 금강 하굿둑이 완공되면서
바다와 강이 단절되어 어장과 수로의 기능을 잃었고
지금은 한적한 시골 마을로 남아 있다.

서울 가는 길목 서래포구

슬애포구라고도 불렸다,
'슬애' 란 '서래' 의 군산식 발음인데,
서울에 가는 포구라는 뜻이다.

군산 최대 자연하천인 경포천을 앞에 둔 포구로
'서울 경^京' 에 '포구 포^浦'를 써서
'경포'라고도 불렸다.
그 곁 마을은 초가집이 가득찬 어촌이었다.

그 마을 설애 장터에선 오일장이 열렸다.
1919년 3월 5일 그 장터에서
호남 최초의 3.1만세운동이 일어났다.

100여 년이 지난 뒤
마을 옆을 흐르던 경포천 뚝방에
작은 길이 만들어졌다.
작은 나무도 심어졌다.
그 나무가 자라나 그늘이 무성해지면
갯내음 가득한 산책길이 될 것이다.

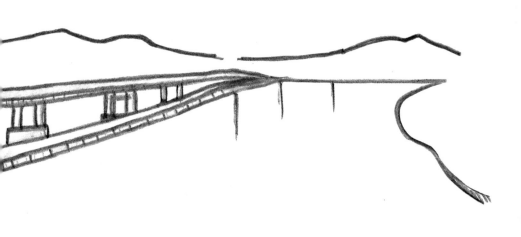

죽성포구와 째보

조선시대 이곳에는 큰 대나무밭이
마을을 감싸고 있었다.
대나무 숲이 마치 성城과 같아서 죽성리라 불렸다.

째보선창이라고도 불렸다 한다.
물길이 째지듯 육지를 파고드는 모습 때문이다.
또 선창 객주가 실제로 째보여서
붙여진 이름이라는 설도 있다.

일제는 금강 줄기에 있는 조선의 민족 상권인 강경 상권을
축소시키려고 계획적으로 째보선창을 활성화시켰다.
그때는 동부어판장(동빈)으로도 불렸다.

소설 〈탁류〉 속 주인공 정 주사가 서천에서 살다가
직장에서 짤리고 선친이 물려준 땅 몇 마지기를 정리해
똑딱선 타고 군산에 착지했던 곳이기도 하다.

째보선창이 번창하면서 3.5만세운동의 집결지였던
경포 옆 서래장도 서서히 문을 닫게 되었다.

당시엔 만선의 고깃배, 출어를 돕는 객주들,
나무장수, 물장수, 떡장수로 째보선창 언저리가
발디딜 틈도 없이 북적거렸다.
지금은 차오른 갯벌 때문에 과거를 추억하며 쉬고 있다.

주인을 잃은 고깃배, 붉게 녹슨 닻,
수북한 어상자들, 쓸쓸한 민야암 등대 너머로
철공소 쇠망치 소리가 그 정적을 깨고 있다.

뱃고동 소리 그리운 내항

군산은 항구 도시라는 생각이 든다.
언제나 뱃고동 소리가 들리고
언제나 먼 바다로 떠나려는
사람들이 있는 항구라는 생각이 든다.

항구를 노래한 유행가가 있고
항구에 관한 사연들도 많다.
인생을 항해하는 배로 비유하며
떠나는 자와 보내는 자의 이별의 정을
나누는 장소가 항구이다.

하지만 군산은 일반적 항구와는 다르다.
사람을 떠나보내는 이별의 항구라기보다는
자식 돌보듯 소출한 쌀을 가차 없이 떠나보낸
수탈의 항구였다.

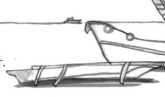

썰물 때면 그 아픔의 기억을 담은 갯벌이 드러난다.
뱃고동 소리 가득 담은 그리운 내항에 가면…….

군산항에 흐르는 강물

강물 빛을 보아라.
군산의 강물 빛.

천리를 에둘러
닿은 서해바다.

옥빛도 아니고
잿빛도 아니오.

생명 빛 가득한
탁류로 흐른다.

내항을 힐링 공간으로

금강 하굿둑에 부딪힌 밀물이 힘을 잃어
토사를 긁어내지 못해서 높아진 강바닥 때문에
큰 배는 들어올 수도 없다.

내항은 뻘이 가득차서 숨을 헐떡이며 누워 있다.
배도 못 오고, 어선도 못 오니 눈물만 흘리고 있다.
군산항의 항구 기능과 어항으로서의 기능을 살려내자.

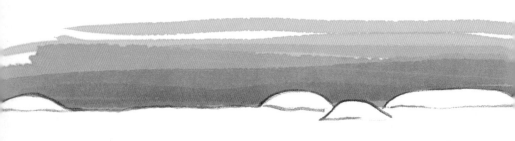

먼저 강을 살려야 한다.
밀물과 썰물이 콸콸거리며 드나들게 해야 한다.
금강 하굿둑의 갑문을 열어서
해수가 들어오게 하자.

백중사리와 장마 때만 빼고
평상시에는 꾸준하게 문을 열어 놓고
민물과 바닷물이 들고나게 하자.

조여진 목이 뻥 뚫어져서
뱀장어, 우어, 황복어 등이 다시 잡혀야 한다.
강 하구에는 물고기가 알을 낳고
그것들이 자라서 물고기가 바글거리며
찾아오게 하자.

여객선이 시원한 강바람을 맞으며
다시 드나들게 하자.

산책하다 멈추어
서야 할 곳

동국사 - 보국탑이 있던 자리 - 3.1운동 기념탑 - 채만식 기념비
- 수시탑 - 이인식 선생님 기념비 - 흥천사 - 해망굴

월명공원을 산책하며 근대 읽기

군산에는 바다뿐만 아니라 육지에도 구릉진 산들이 무리지어 있다. 그중 월명산은 군산의 주산이다. 월명산은 사철 다른 색깔을 띤다. 벚꽃이 피는 봄이면 하얀색, 잡목 숲의 이파리가 커져가는 계절엔 초록색, 가을이면 노랑색과 빨강색, 그리고 새하얀 겨울, 사계절 각자의 색깔을 내며 걷기 좋은 산책길을 마련해 준다. 산길을 따라 걷다 보면 동상과 기념비들이 여기저기 있다. 근대 시기에 살았던 군산의 인물과 사건을 기념하기 위한 것들이다. 잠깐 멈추어 서서 질문을 던지면 그들이 답을 한다. 힘들었던 시기를 잘도 버티고 희생하며 살았던 진정성 있는 삶과 시대 이야기를 한다.

일본의 사죄를
받으려거든 동국사로 오라

일제가 지었던 500여 개의 절 중에서
우리나라에 남아 있는 일본식 큰 절, 동국사는
단청도 없고, 하얀 회벽에 넓은 창,
지붕의 물매가 75도 급경사를 이루고 있는 절이다.

절 만드는 방법도, 재료도, 뒤꼍에 있는
대나무도 일본에서 이고 지고 오면서
종교로 위장한 식민 정책까지 이고 지고 왔다.
그 시커먼 맘 감추고,
우리 청년들에게 전쟁에 나가라고 박수쳐 주고,
필요한 정보를 박박 긁어가며,
부처의 이름으로 내선일체를 미화시키던 곳이다.

세월이 흘러 2012년 마당 한 귀퉁이에
참사문비 하나가 세워졌다.
동국사를 세운 종파인 조동종이
살생을 독려하고 식민화를 위한
꼭두였음을 고백하는 내용을
돌에 새겨 놓은 것이다.

보국탑아! 다시 일어나 말하라

일제시대 모리키쿠는 군산 최고의 유지로
당북초등학교 자리에 농장을 지었다.
수많은 직책으로 과시와 수탈을 일삼았다.

군산중을 나와 동경대에 들어간 아들이
일본 수상을 살해한
혈맹단에 가입하여 벌을 받았다.
사죄의 표시로 보국탑을 세웠고
공자묘도 만들었다.

백제의 정림사지 5층 석탑을 닮았던 보국탑은
국가에 보은한다는 의미였다.
일제의 잔재를 없앤다고
일본 식민 치하의 증거물인 보국탑이 해체되어
군산 근대역사박물관 앞에 부스러기로 남아 있다.

정작 보국탑이 서야 할 자리는 군산부청이다.
군산부청은 앞장서서 식민 행정을 이룬 곳이다.
신사참배를 강요했고, 언어 말살과
뼛속 깊은 곳에 있는 민족혼까지도
없애려는 만행을 저질렀다.

그 보국탑의 조각들을 다시 세워
그 만행을 폭로하자.

푸른 저항 3.1운동 기념비

월명산의 푸르름이 저항 정신과 잘 어울리는 곳에 우뚝 선 기념비,
군산이 호남 최초의 3.1만세운동의 시발지임을 새긴 채 의연히 서 있다.

대원군의 쇄국정책이 빚어낸 기독교 박해 후에
개신교는 의료, 교육, 스포츠를 앞세워 선교를 시작했다.

남장로교 소속 선교사인 전킨과 메리 부부는
1985년 군산의 수덕산 근처에서 포교 활동을 시작했다.

1899년 군산이 각국 조계지로 개항이 되자
수덕산을 떠나 구암동에 또 다른 둥지를 튼다.
구암예수병원을 만들고 주일학교를 기반으로
영명학교와 멜본딘여학교를 세웠다.

영명학교 졸업생 김병수는 연희전문 의학부를 다니던 중에
독립만세운동 소식을 듣고 민족대표 33인 중 한 분인 이갑성을 만나
독립선언서 200장을 군산으로 가져왔다.

선언서 3,500여 장을 등사하여 영명학교와 멜본딘여학교,
구암예수병원 직원들이 중심이 되어 서래장터에 3월 6일에 모이기로 했는데,
3월 5일에 들이닥친 일본 헌병이 데모주동자들을 경찰서로 끌고 갔고
3.1만세운동은 5월 말까지 장소를 바꾸어 가며 지속적으로 진행되었다.

당시 시위 참여자가 25,800여 명, 군산의 조선인 인구가
6,581명이었던 것을 감안하면
1인당 4~5번꼴로 만세운동에 참석한 것이다.
그야말로 군산 시민이 하나가 된 항쟁이었다.

그 정신은 1927년 군산에서 일어난
전국 최초의 옥구농민항일투쟁으로 이어진다.
푸른 바람이 부는 월명산을 산책하려거든
꼭 3.1운동 기념비를 만나 봐야 한다.

\<탁류\>를 말하는 채만식 기념비

탁류의 세상 속에서 탁류를 이야기하며
시대를 신랄한 해학과 풍자로 담아냈던
\<탁류\>의 작가 채만식 선생을 기리는 비가
월명산 자락에 서 있다.

너른 땅에 부호의 자식으로 태어난 채만식 선생은
신교육의 혜택을 제대로 받았다.

그가 깨달은 민족이 처한 시대적 상황에 대한 통찰력은
소설 \<탁류\>라는 그릇에 오롯이 담겨 있다.

주체적이지 못한 결혼과 강박적인 성격, 그리고
시대의 아픔은 채만식에겐 갈증과 갈등의 단초였다.

금강 변에 있는 채만식 문학관과는 다르게
탁류 속 주인공들이 살아갔던 군산 시가지가
훤히 보이는 곳에 세워진 채만식 문학비는
탁류의 세상이 되돌아오지 않기를 굳게 바라며
제자리를 지키고 서 있는 듯하다.

하얀 수시탑 아래서

날씬한 몸매로 서 있는 수시탑은
1968년 군산이 경제 침체로 어려울 때
회복의 소원을 담아 월명산에 세워졌다.

윗부분은 하얀 돛대와 횃불을 의미하고
중간 부분은 견고한 배를 뜻하며
아랫부분은 자궁의 상징으로 다산과 풍요가
가득한 군산이길 바라는 마음이 담겨 있다.

수시탑에서는 멀리 금강 하굿둑이 보인다.
오성산도 보이고 장항 제련소도 보이고
멀리 떠나는 배도, 돌아오는 배도 보인다.

아래로 이리저리 이어지는 계단을 따라
또 숲길을 오르락내리락 하다 보면
반가운 수시탑이 월명산 전체를 돌고 돌아온
바닷바람에 흔들리며 서 있다.

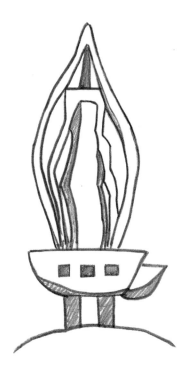

군산 시민의 스승, 이인식 선생

이인식 선생은 만석꾼의 아들로 태어나
3.1운동에 참여했다가 옥고를 치른 후
물려받은 모든 재산을 독립운동에 희사했다.

오직 인재 양성이 민족을 살리는 길이라며
후진 양성에 몸 바친 선생의 정신을 기리기 위해
그 제자들이 선생의 동상을 세웠다.
이인식 선생의 동상을 찾아가는 것은
군산의 스승을 만나는 일이다.

해방 후 재무국장 자리를 제안 받았지만 단호히 거절하고
고향 임피중학교 2대 교장으로 부임한 후
입학시킬 학생들을 찾아다녔다.

서수, 임피, 나포, 오산, 함라, 웅포 등지를
자전거로 돌아다니며 들판에서 부모와 함께 일하고 있던
소년들에게 배움의 길을 안내했다.
"배워야 한다. 그래야 사람 노릇을 할 수 있다."
그렇게 배움의 길에 들어선 소년들이 교육자가 되고
동화작가가 되고 사성 장군이 되고 나라의 기둥들이 되었다.

부모가 물려준 재산을 샘물처럼 퍼주고
꿈이 없던 소년들에게 꿈을 심어 따독거리며
의미 있는 삶을 펼쳐 갈 수 있게 해 주신
이인식 선생은 진정한 군산의 스승님이다.

안국사에서 홍천사로

원래 이름은 안국사로 일제 강점기에 세워진
500개의 일본 사찰 중에 하나다.

나라를 편안하게 한다는 뜻의 안국사,
누구를 편안하게 한다는 뜻이었겠는가?
철저히 식민 정책 실현을 위해서 만든 절이었다.

지금은 이름이 홍천사로 바뀌었고
비구니들이 수련하는 사찰이 되었다.

홍천사는 동국사와 함께 일본식 사찰이었지만
기록이 별로 남아 있지 않다.

단지 홍천사 뒤편 바위에 소화 8년에 세워졌다는
음각 글씨가 있어서 그 설립 연대를 가늠할 뿐이다.

일제 강점기에 들어온 일본 사찰의 의미는
우리에게는 종교가 아닌 그들의 정책 실현 도구였다.

그 흔적을 찾아서 월명산 끝자락에서 둘러보게 될
흥천사에서는 기록의 의미를 생각해 보자.

해망굴에 부는 바람

어디에 사나요?
물으면 여름에는 큰소리로
"해망동이요."
겨울에는 죽어가는 소리로
"해망동 살아요."라고
대답하는 바로 그 동네에
비릿한 바닷바람이 부는
굴이 하나 있다.

일제는 명치통과 소화통,
오늘날의 중앙로1가와 2가를 만들고
그 길가에 부청과 경찰서, 우체국 등
수많은 관공서 건물을 지었다.

내항 사이에 떡 버티고 있는 월명산 자락은
그들을 답답하게 했다.
그래서 1926년에 그 산 가운데를 뻥 뚫었다.
뚫린 굴을 통해 관공서 서류와 물건들이
빨리, 좀 더 빨리 내항으로 전달되도록.

한국전쟁 때는 인민군 지휘소로도 사용되었다.
그래서 해망굴 입구에는 전쟁의 상흔인
총탄 자국이 여기저기 남아 있다.

해망동에 가면 지금도
비릿한 바다 냄새가 나는 해망굴이 있다.

축제이야기

1930년대로 떠나는 시간여행축제, 선양동 해돋이축제, 선 뜨락축제

군산에서 만들어 가는 축제

멀리서 들려오는 풍장소리에 선잠을 깬 듯 일어나 차가운 마루에 앉아 보면 마당 가득히 울려 퍼지는 덩덕쿵 덩덕 징쟁쟁 풍장소리, 빨강 노랑 파랑 천을 두르고 상모를 돌리는 동네 아저씨들의 힘찬 몸놀림은 지금 생각하면 축제였다. 마당 한가운데 짚풀을 피워 타오르는 불꽃 주위로 알록달록 그려지는 동그라미, 피워 놓은 불꽃은 하늘로 오르며 풍년을 기원한다. 축제란 특별한 날을 기억하거나 만남의 의미를 만들어가고 기념하기 위한 공동체의 행위를 말한다.

군산에는 철새축제, 찰쌀보리축제, 청암산축제, 진포축제, 시간여행축제가 있다. 그중에서 군산의 대표축제는 '1930년대로 떠나는 시간여행축제' 이다. 그리고 크고 작은 축제들이 군산시 주최로만이 아니라 작은 공동체 단위로도 이루어진다. 진정한 축제란 공동체 회원들이 모두 참여해서 즐기고 카타르시스를 느끼며 행복해하는 행위여야 한다. 군산의 축제를 이야기해 본다.

1930년대로 떠나는 시간여행축제

축제란 특별한 날을 기억하며
만남의 의미를 만들고 기념하기 위한
공동체의 행위이다.

군산에서는 9월이 되면
"1930년 시간여행축제"를 한다.
'1930년', '시간여행' 두 낱말은
많은 의미를 담고 있어 매력적이다.

세계사적으로도 경제공황과
2차 대전의 격변기 속에서
인류사적 공감을
불러일으킬 수 있는 낱말이다.

누구나 추억은 아름답다고 단정한다.
그래서 현실이 힘이 들수록 한 번쯤
시간여행을 통해 추억의 순간으로 돌아가서
카타르시스를 경험하고 싶어진다.
그런데 시간여행을 할 수 있단다.
군산은 매년 축제의 판을 벌이고,

많은 사람들이 축제 현장으로 온다.

2015년 가을에 열린 '1930년 시간여행'
1,000인의 근대복 퍼레이드는 장관이었다.
해망굴에서 시작하여 100여 년 전에 만들어진
명치통(중앙로1가)을 함께 걷는 시민들,
특히 행진에 참여한 중고등학생들의 마음에
평생 선물처럼 남아 있을 것이다.

축제 중에 첫날은 해가 쨍쨍했는데
이튿날과 셋째 날은 날이 궂었다.
타악기 소리인 듯 천둥이 치고
우박은 아스팔트를 두드렸다.
햇살과 빗줄기 사이를 곡예하듯
뛰어다니며 축제를 즐겼다.

선 뜨락축제를 열다

가칭 군산문화발전소 회원은 11명이다.
염색체험공간을 운영하는 회원이 있어서
탐방겸 마실을 갔다.
아늑한 한옥의 체험관과 전시관 안에 걸려 있는
염색된 옷감과 소품들이 정성으로 물들여져 있었다.
감나무가 있는 너른 마당에서
여름에 작은 축제를 하자고 했다.

두 달이 지났다.
약속한 축제를 열었다.
축제란 특별한 날을 기억하거나
만남을 의미 있게 만들어가고 기념하기 위한
공동체의 행위이다.

2017년 6월 8일 문화발전소가 소박한 축제를 벌였다.
11명의 회원들이 각자 3~4명씩 지인들을 초대했다.
공연 팀들을 섭외하고 먹을 것을 마련하고
각자 맡은 일을 최선을 다해 준비했다.

생각해 보면 준비하는 시간도 축제의 한 부분이었다.
자원하는 맘으로 사회를 보고, 사진을 찍고,
노래를 부르고, 춤을 추고, 청사초롱을 밝히고
그렇게 유월의 밤이 꿈결처럼 깊어가고 있었다.

선양동 해돋이축제

새해의 태양은 어디에서나 떠오른다.
동해바닷가 그 유명한 곳이 아니어도
우리 모두가 환호성을 지르며 맞이할
새해의 태양은 어디에서나 떠오른다.

선양동 산꼭대기에도
우리 동네 골목에도
나, 너, 우리 모두가
가슴 벅차게 맞이할 수 있는
새해의 태양은 어디에서나 볼 수 있다.

2017년 첫날 새벽
선양동 말랭이에서 군산 시민들이
모여 소박한 해맞이 행사를 했다.
풍물굿으로 시작해 노래로
시 낭송과 춤으로 분위기를 돋운다.

길이 끝나는 곳, 불 밝혀진 곳에
김이 모락모락 피어오르고 있다.
떡국, 어묵, 커피, 귀한 새해 음식 차려 놓고
퍼 주는 월명산을 사랑하는 모임 회원들의
훈김도 넉넉하다.

소박한 소원을 하나씩 간직하고
모인 사람들이 내 눈에는 꽃등 같다.
해를 기다리는 사람들의 얼굴은
모두 팔마산이 보이는 동쪽을 향해 있다.

청회색 구름 한구석에 붉은 물이 들기 시작했다.
구름 속에서 빠알간 새 해가 수줍게 고개를 내민다.
환호성!
작은 해가 보이는 순간, 선양동 해돋이 공원에 모인
군산 시민들 모두는 가슴이 두근거렸다.

둘러볼 곳

망해산 - 군둔 마을 - 박지산성 - 배그메 마을 - 칠다리

군산의
옛 마을을
찾아서

사람이 살았던 골짜기마다 삶의 이야기가 소복이 남아 있다. 군산에서도 오랜 옛날부터 바닷가 골
짜기에 옹기종기 사람이 모여 살았다. 사람들이 떠나면서 한적해진 마을이 되기도 했지만 옛 사람
들이 남긴 흔적은 이야기가 되어 아직도 우릴 끌어당기기에 충분히 매력적이다. 골짜기, 논두렁, 밭
고랑과 이랑마다 한가득 이야기가 펼쳐진다. 그 이야기에 귀기울이면 가슴이 찡하기도 하고 안타
깝기도 하면서 어느새 시간여행을 하고 있는 자신과 만나게 된다.

군산 옛 마을의 흔적을 찾아서

별을 바라보는 자의 눈엔 별이 가득,
꽃을 바라보는 자의 눈엔 꽃이 가득,
별 같고 꽃 같은 서로를 바라보는
우리들의 눈에는 별과 꽃이 한가득……

별은 멀리 있어서
길을 잃어버리지 않게 도와준다.
역사 속 조상들의 삶의 지혜는
마치 반짝이는 별과 같다.

백석마을 입구에서 300여 년 된
팽나무가 우리를 맞이하고 서 있다.
팽나무는 바닷바람을 좋아한다.

지척에 백석산이 보인다.
돛대산이라고도 불렸다.
바닷물이 들어올 때 돛대처럼 보일까?
지금은 들판으로 변한 이곳까지
바닷물이 들어왔다고 한다.

이동해서 칠다리로 갔다.

처음 와 본다.

옥구현(옛 군산의 중심부)으로 들어오는

두 개의 관문 중 하나였다.

물길이 일곱 칠 자처럼 생겼다고 해서,

또는 나무로 된 다리 난간에 옻칠이 되어 있다고 해서

붙여진 이름이다.

생각보다 경포천은 좁고 칠다리는 넓었다.

망해산에 오르면

눈 쌓인 망해산 꼭대기는 약간 미끌거려서
지팡이가 없으면 오르기가 쉽지 않다.

망해산 정상에 오르니
군산이 확 눈에 들어온다.

양떼처럼 무리지어 있는 산들,
그 너머로 너른 들과 강이 길게 숨을 고르며
서해로 흘러가는 모습이 보인다.

망해산으로 오르는 불주사 뒤꼍은
운치 있는 대나무 숲길이다.

그 숲길을 따라 등산을 하고 있는 우리도
산 위에서 멀리 보이는 산들도 모두
무리지어 있는 군산이다.

군대가 주둔했던 군둔마을

군대가 주둔해서 군둔마을이다.
마을에는 불주사가 있다.

불주사에 있는 일주문은
군산에 있는 절 중에서는 유일하다.

불주사 뒷산이 취성산이다.
독수리 취 자로 산세가 매와 같다.

축성산이라고도 불린다.
동진의 마라난타가 백제에 포교하러 들어와서
이곳에 머물렀는데 산세가 부처님이 깨우침을 얻은
영축산 못지 않다고 해서 붙여진 이름이다.

그 안에 안겨 있는 대웅전은 1630년에 지어졌다.
정묘호란과 병자호란 사이다.

옆에 있는 영산전에는 4개의 주련이 써 있는데
기가 막힌 한 편의 시였다.
나한이 모셔져 있는 영산전 주련에는

"산당정야좌무언 山堂靜夜坐無言

　적적요요본자연 寂寂寥寥本自然

　하사서풍동임야 何事西風動林野

　일성한안려장천" 一聲寒雁戾長天

이라고 쓰여 있다.

풀이하면 이렇다.

"산사의 고요한 밤에 말없이 앉았으니

적막한 산사는 본래 그런 것을

무슨 일로 서풍은 잠든 숲을 흔드는가.

외로운 기러기 소리 넓은 하늘을 울며 가는고."

박지산성

이름의 '박' 자에 대한 해석이 분분하다.
밝다, 크다, 그냥 산의 형태가 박 넝쿨과
비슷하다고도 하고,

박지산성에는 토성의 흔적이 아주 조금 남아 있다.
토성 밖 세상은 확 트인 낮고 너른 들이다.
만경들판이다.
적군이 움직이는 모습을 샅샅이 볼 수 있는
천혜의 자리였다.

1킬로미터 남짓 너머에는 돛대산이 보인다.
마치 돛을 달고 항해의 끝자락에 다다른
그래서 쉼을 얻으려는 돛대산을 지켜 주려는 듯
박지산성은 군산의 초입에 호위무사처럼 있었다.

* **박지산**(금성산)은 옥산 금성리와 옥산리 경계에 있는 산이다. 마한시대부터 존재했던 것으로 보이며 테뫼식 산성이다. 산꼭대기 7부 내지는 8부 능선 테두리를 돌린 것같이 쌓은 것으로 마치 여인이 물동이를 머리에 이기 위해 수건으로 똬리를 틀어 얹었을 때의 모습을 닮았다고 한다.

금석리 배그메마을

당산나무인 느티나무가 마을 입구에
오색 띠를 두르고 서 있다.

느티나무 할머니는 오방색 같은
마을 사람들의 간절한 소원들을
오래도록 보아왔겠지!

동리 앞에 펼쳐 있는 너른 들은
바닷물이 들어왔던 긴 뻘이었단다.
긴 뻘이 기벌이 되고, 기벌포가 됐다.

배그메마을 앞에 펼쳐진 너른 들은
백제를 치러 들어오는
당나라 군사를 혼내 주었던
기벌포였음이 짐작된다.

느티나무 가지를 보면서
족보의 구조가 생각났다.

하늘을 향해 뻗고 있는
나뭇가지처럼 뻗어가는
생명의 흐름 그 가운데
서 있는 우리의 위치는 어디인가?

산책하기
좋은 곳

해망동 공원, 은파호수, 금강 하굿둑, 청암산, 월명공원, 월명호수

산책하며
사색하기

사색이란 삶을 윤택하게 하는 지름길이다. 생각에 대한 생각은 단단한 삶의 기초석을 쌓는 것과 같다. 군산에는 도심 가까이에 그리 높지 않은 산길과 아름다운 호숫가 길이 많다. 구불구불한 길도 많다. 운동 삼아 산책을 하다 보면 오감을 자극하는 주변의 자연들이 얼마나 감동을 주는지 모른다. 초점을 맞추어서 바라본 모든 것들이 사색의 재료가 된다.

길가의 꽃도, 나무도, 작은 돌멩이도, 하늘의 구름도, 호수의 물결도, 그리고 여기저기에서 들려오는 새소리와 풀벌레 소리도 모두 사색 속 주인공들이다. 그곳에서는 사람들의 발자국도 상념의 나래를 펼치게 한다.

해망동 공원 산책

군산이 조계지가 되자
평지는 일본인들이 독차지하고
조선인들은 산꼭대기로 올라가
토막집을 지었다.
산꼭대기 동네에서는 바다가 보인다.
해망동이 세월 지나 위험 지구가 되자
모두 헐고 공원을 만들었다.

공원에 오르는 길에선
금강이 바다처럼 보인다.
멀리 장항제련소 굴뚝도 보인다.
산길로 접어들면 삼나무 숲도 있고,
접벗꽃 잎도 소복이 쌓여 있다.

조각공원 입구에 들어서자마자 보이는
'마서량의 꿈' 이란 작품, 여인 하나가
둥근 화살을 들고 전사처럼 서 있다.
마서량은 마한 시기 군산 지역의 이름이다.
숲 향기와 작은 새소리가 잘 어울린다.

월명산은 군산의 주산이다.

그 많던 소나무들이 재선충 때문에
몽땅 베어져 휑뎅그렁하다.
솔숲 향기가 그립다.
걷다 보니 3.1운동 기념비가 있다.

만선으로 돌아오는 형상의 수시탑 앞에 머물다
비둘기 집을 지나 흥천사로 내려온다.
해망굴을 보고 중앙로를 따라
월명동에서 콩나물국밥을 먹고 나면
월명공원 산책 끝이다.

은파를 산책하며 사색하기

삶은 끝없는 배움의 과정이다.
만남 속에서 배우고 또 배우면서
삶의 문제를 해결해 가야 하는.

삶은 피어나는 거다.
매 순간 봉우리처럼 맺힌 에너지가
잎으로 피어나고 꽃으로 피어나니까.

삶은 노래이다.
인생의 희로애락이 고저장단으로 표현된다.

삶은 그리움이다.
적당한 거리에서 느껴지는 향기처럼
함께 있어도 은은한 그리움이다.

삶은 참나무 숲이 들어 있는 도토리다.
씨앗 같은 개인의 삶 속에
숲을 이룰 수 있는 가능성이 들어 있어서이다.

삶은 초록 지구별에서의 소풍이다.
은파를 산책하듯이 머물지 않고
감사히 즐겨야 할 소풍이다.

삶은 고랑과 이랑이 있는 밭이다.
굴곡이 있는 인생 그리고 그 위에
싹이 트고 열매 맺는 밭이다.

채만식문학관 근처 강변에서

문학관에서 강변을 따라
내항 쪽으로 걷다가

경암동 경포 근처에 서면
멀리 동백대교가 그림 같다.

바닷바람 부는 오후가 되면
갯내음 섞인 강물이
햇빛에 반짝이며 유유히 흐른다.

작은 파랑과 포말이 이는
군산의 금강 물은 그 어디에서도
볼 수 없는 신선한 탁류이다.

금강 둑길을 걸으며

아스라이 강 끝에
햇살이 퍼지면
산자락은 봄기운에 들뜨고
강 둔덕 풀섶엔
유채꽃 무리들이
출렁출렁 강물의 박자에 따라 춤춘다.

강바람 마주보며
사뿐사뿐 걷다 보면
금강 하구 반가운 갯내음아
포구 둑에 걸터앉아라.

노닥이는 오리 세 마리 옆에는
녹슨 작은 배 하나가
옛 영화를 꿈꿀 때,
강둑 위 금단추 같은 민들레가
반짝이는 오늘을 노래하네.

봄날 은파를 산책하다가
만난 작은 것들

풀섶에 하얀 꽃이 폈다.
가까이 가서 보니 떨어진 벚꽃 잎이다.
그래서 이름을 지어 주었다.
하양하양 풀꽃이라고

걷다 보니 길가 벤치 옆에 선 나무는
아직도 겨울 빛.
뿌리가 너무 깊어
아직 봄빛이 올라오고 있는 중인가 보다.
큰 나무 기둥과 곰살스레 오르는
담쟁이가 사이좋다.

거미는 소나무 잎사귀 사이에 집을 짓고,
솔잎 끝에는 물방울이 매달려 있다.
철쭉 너머 빨강 열매는 봄꽃이 아니다.
겨울 숲을 밝히고 있던 꽃등이었다.

소솔소솔 올라오는 물안개로
호수는 포근하다.
고개 들어 멀리 보니
봄 아침 하늘빛이 뽀얗다.

은파의 오월

따뜻하지도 뜨겁지도 않은
따사로운 햇살이 내리비치고
숲속의 바람도 초록물이 드는 달.

나뭇가지에 그리 크지도 작지도
않은 열매들이 보석처럼 매달려 있는 달.

물빛다리 앞에 있는 분수의 물이
아직은 차갑게 느껴지는 달.

초록 풀이 쑥 솟아올라 핑크빛 꽃잔디가
부끄러운 듯 숨어버리는 달.

꽉 차지도 텅 비어 있지도 않은 숲 사이로
햇살이 시원하게 뚫고 나가는 달.

왕성해지는 초록 기운이 죽은
삭정이도 감싸 안아 주는 달.

은파의 오월은 그렇게 무르익어가고 있다.

돌아볼 곳

새만금 방조제 - 신시도 월영산 - 선유팔경 - 망주봉 - 장자할매바위
- 몽돌해수욕장

고古와
신新의 노둣돌
고군산군도

고군산군도에 가면 멀어져 가는 산들과 그 사이를 휘돌아 흐르는 운무들이 마치 신선을 연상케 한
다. 신비스럽게 펼쳐지는 아름다운 산들의 선을 따라 바다 먼 곳으로 또는 먼 과거의 시간 너머로
여행을 떠날 수 있을 것 같다. 고군산군도는 시간 박물관이다. 수만 년 세월 속에 변화된 지층의 시
간 주름을 한눈에 볼 수 있다. 중국과 우리나라 사이를 이어 주는 항로에서 바람이 불거나 지치면
잠깐 쉬었다 갈 수 있는 기항지이기도 하다. 역사적인 사건의 기록들도 수북하다. 신비로운 전설과
설화가 전해져 내려온다. 그렇다. 고군산군도는 과거와 현재를 이어 주고, 지리적으로나 역사적으
로 대한민국과 중국을 이어 주는 노둣돌 역할을 충분히 할 수 있다. 적당한 거리를 두고 무리지어
있는 고군산군도는 사람과 사람 사이의 관계처럼 은유와 상징이 가득한 아름다운 곳이다.

고군산군도에 가 보자

바다에 잠겨
몇천 년 동안 서해의 속살이 되어 버린
꿈들이 다시 피어나기 시작했다.

예순세 개의 섬으로 이루어진 고군산군도.
발길이 닿는 곳마다
이야기가 아닌 곳이 없다.
되내기 샘, 망주봉,
퇴조 삼백리 설화가 있다.

듣고 전하고 꽃피워
향기로운 세상이 되라 한다.
설화 가득한 고군산군도에 가 보자!

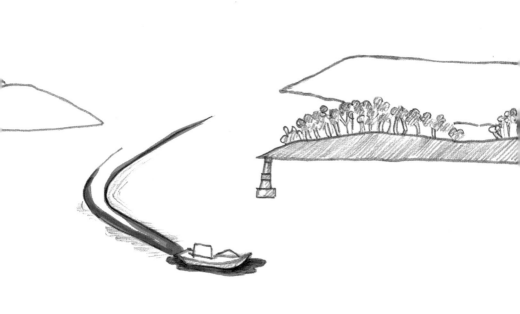

신시도 월영산 정상에서

내초도를 지나 신시도로 향하는
새만금 방조제는 마치 서해를
가르마 타 놓은 듯 깔끔히 갈라 놓았다.

출렁이는 바다는 반짝이는데
갇혀 버린 바다는
햇빛이 내리비쳐도 묵묵부답이다.
그 사이를 달리면 신시도에 이른다.

신시도 주차장에서 내려 월령산(198미터)
정상에 오르면 고군산군도가 훤하다.
부안까지 이어지는 방조제도 보이고
갑문의 뽀얀 물보라도 시원하다.

최치원이 단을 쌓고 놀았다는 월령대는
하늘과 맞닿은 것 같다.

무리지어 춤추는 듯한 섬들 너머로

바다를 누비던 해민의 꿈들이
아직도 잔잔하게 출렁이고 있다.

선유팔경

고군산에 가면 63개의
섬들이 해무 속으로 연하게
멀어져 갔다가 또 가까이 다가온다.

그 섬들 사이로 펼쳐지는 풍경들,
해질녘 바다 위를 붉은 금빛으로
물들이는 선유낙조

여름철에 비가 오면 살아나는
7개의 물줄기 망주폭포

선유 해변을 고운 모래 빛이
띠로 두르고 있는 명사십리

신시도 월영봉을 가을빛으로
불같이 피어오르게 하는 월영단풍

세 개의 섬이 만선으로 집에 돌아오는 듯
푸근한 정경 삼도귀범

망주봉 앞바다에 기러기 날개
편 듯한 모래톱 평사낙안

저녁녘이면 몰려드는
조기의 퍼덕이는 몸짓 장자어화

병풍처럼 펼쳐지는
열두 봉우리 무산십이봉

신선이 노닐다가 간 섬들 사이로
아름다운 선유팔경이 펼쳐진다.

장자할매바위

장자교를 걸어가다가 멀리 바라보면
대장도와 장자도가 보인다.
작은 몽돌이 깨알처럼 펼쳐져 있는
해변을 따라 걷다가 길에 올라서면
갑자기 눈에 확 들어오는 바위가 있다.

신비스러운 모습으로 산 중턱에 서 있는
바위는 먼 먼 바다를 바라보고 있다.
그 옛날 장자도에 장자할매가 살았다.
공부하는 남편에게 희생하며 뒷바라지를 했다.

한양에 갔던 남편이 과거 급제해 돌아온다는
소식을 듣고 밥상을 들고 맞이하러 갔는데
뒤따라오는 여자가 있었다.

속상한 나머지 순간 돌이 되어 버렸다.
마주 오던 남편과 함께 따라오던 식솔들도
졸지에 돌이 되어 버렸단다.
돌이 되어서 회한의 돌이 되어서
지금도 장자봉 중턱에 서 있다.

장자할매바위와 장자할배바위 이야기
바닷바람에 실려 오고가는 뱃사람들 마음에
바위처럼 박혀 전해 오고 있다.

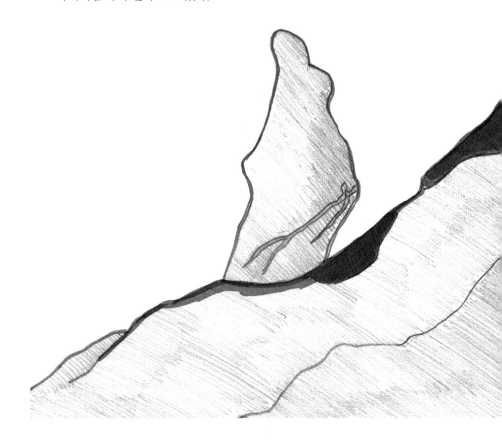

주인을 기다리는 망주봉

선유도에는 커다란 바위 봉우리가 두 개 있다.
큰 것은 숫바위, 작은 것은 암바위라고 한다.
멀리서 보면 코끼리가 엎드려 있는 모습 같다.
어떤 이들은 사자가 누워 있는 모습 같다고도 한다.

비가 오면 망주봉에는 선유팔경에 속하는
망주폭포가 생명수처럼 흘러내린다.

선유도로 유배를 왔던 부부는
임금님이 다시 불러 주길 애타게 기다렸다.
매일매일 한양을 바라보며 임금님의 부르심을 기다리다가
끝내 불러 주지 않아 돌이 되었다고 한다.

망주봉은 시방도 저 물길 너머 어딘가에 오실
고운 님을 바라듯 애타게 기다리고 서 있다.
성군이 다스리는 세상이 오길 기다리면서.

서긍의 〈선화봉사고려도경〉 속
고군산군도

고려와 송은 친선 관계를 유지했다.
예종이 죽고 인종이 등극하니
송의 휘종은 국신 서긍을 보낸다.

명주를 출발해 흑산도를 거쳐 고군산군도를 지나
개경에 이르렀던 서긍은 신주호를 타고 왔다.

서긍 일행은 오고가는 기간 60일을 빼고
육지에서 30일을 머문다.
개경에서 10일, 선유도에서 20여 일.
여행 기록문인 서긍의 〈선화봉사고려도경〉이라는 책자에
선유도에 대해서 자세히 묘사되어 있다.

망주봉 아래 궁궐 숭산행궁이 있고
위쪽으로는 나라의 안녕을 비는 자복사가 있었다,
해신한테 제사지내는 오룡묘가 있고
손님을 맞이하는 객사가 있었다고 책 속에 적혀 있다.

김부식 일행이 송방이라는 채색 배를 이용해
서긍 일행을 맞이했고 군산정에서 잔치를 베풀었다.
잔치 중에 행해졌던 풍습과 먹거리
그리고 사용되었던 기구들을 상세히 적어 놓아
고려시대를 알 수 있는 귀한 자료로 남았다.

기록이 별로 남아 있지 않은
고려의 풍속을 알 수 있는 귀한 자료이다.
중국과 대한민국 관계의 노둣돌이 될 수도 있다.
고려 이야기를 가득 담고 있는 〈선화봉사고려도경〉
그 광맥에서 금을 캐내야 한다.

지도를 바꾼 새만금 방조제

밀물과 썰물이 드나드는 서해
갯벌이 드러나면 조개도 한 바구니
바지락도 한 바구니다.

갯벌 메워 농토를 넓히고 저수지도 만들었다.
지금은 도시로 변한 구암동, 경암동, 나운동,
산북동 등은 간척사업으로 만들어진 땅이다.

늘어난 땅에 사람들이 오밀조밀 모여 살았다.
1991년 첫 삽을 뜬 후 2010년 완공하여
세계에서 가장 긴 방조제가 생겼다.
기네스북에도 오른 33.9킬로미터의 새만금 방조제.

그 너른 땅에 들어설 꿈들이 현실로 다가오고
곧게 세워지려면 시간이 걸리겠지만
그림처럼 그어진 바다 위의 선은 점과 점을 연결시키며
한반도 지도를 바꾸어 놓고 있다.

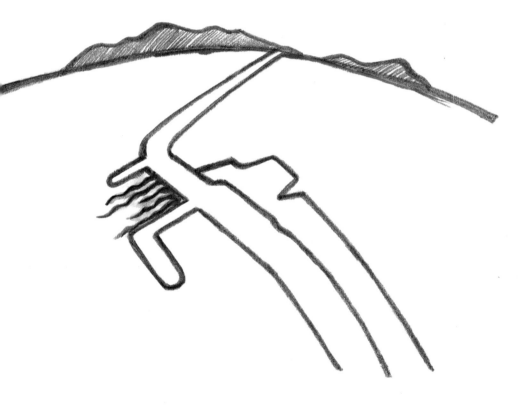

우리는 모두 군산群山입니다

군산群山이란 지명은
산이 무리지어 있다는 뜻입니다.

선유도와 그 주변 섬들이
모둠 모둠 물위로 솟은 산처럼 보여
붙여진 이름입니다.

땅이 비옥해 먹거리가 많으니
왜구들이 약탈을 노릴 수밖에요.
그 왜구를 막느라 조선 태조 때
선유도에 진을 설치합니다.

여전히 왜구가 육지에 올라와
도적질을 하자 세종 8년에
군산진을 옥구현 북면으로 옮깁니다.

이사를 한 군산진은 세곡 운반 업무를 맡았어요.
인조 때는 바다를 지키는 업무를 맡는 군산진을
선유도에 다시 설치합니다.
두 개의 진을 구분하기 위해
원래 있던 자리의 진을 고군산이라고 했습니다.

그리고 개항도시의 이름을
진鎭을 떼어낸 군산이라고 불렀죠.
생각해 보면 우리 모두는
적당한 거리를 두고 무리지어 사는 산,
군산群山입니다.

감사의 글

군산 구석구석을 걷고 보고 들으며 모은 이야기에
삽화를 넣어서 책을 출판하게 되었다.
쓰기 시작한 지 3년 만이다.
책 한 권이 나오기까지 이리 긴 시간이 걸릴 줄은 몰랐다.
출판이 되기까지 많은 분들의 도움을 받았다.
리더스 클럽 유길문 회장님과 시너지 책쓰기 1기 회원님들,
원고를 꼼꼼히 읽고 감수해 주신 오마이뉴스 조종안 군산 전문 시민기자님,
교정을 봐 주신 군산영광중학교 김영진 국어선생님,
사진을 제공해 주신 군산대학교 경영학과 김수관 교수님,
꾸준하게 응원해 준 남편, 동현, 혜연, 동희, 별사바(별을 사랑하는 바다)
그리고 따뜻한 마음으로 지지해 준
모든 분들께 고마움을 전한다.

가림출판사 · 가림 M&B · 가림 Let's에서 나온 책들

문 학

바늘구멍
켄 폴리트 지음 | 홍영의 옮김
신국판 | 342쪽 | 5,300원
레베카의 열쇠
켄 폴리트 지음 | 손연숙 옮김
신국판 | 492쪽 | 6,800원
암병선
니시무라 쥬코 지음 | 홍영의 옮김
신국판 | 300쪽 | 4,800원
첫키스한 얘기 말해도 될까
김정미 외 7명 지음 | 신국판 | 228쪽 | 4,000원
사미인곡 上 · 中 · 下
김충호 지음 | 신국판 | 각 권 5,000원
이내의 끝자리
박수완 스님 지음
국판변형 | 132쪽 | 3,000원
너는 왜 나에게 다가서야 했는지
김충호 지음 | 국판변형 | 124쪽 | 3,000원
세계의 명언
편집부 엮음 | 신국판 | 322쪽 | 5,000원
여자가 알아야 할 101가지 지혜
제인 아서 엮음 | 지창국 옮김
4×6판 | 132쪽 | 5,000원
현명한 사람이 읽는 지혜로운 이야기
이정민 엮음 | 신국판 | 236쪽 | 6,500원
성공적인 표정이 당신을 바꾼다
마츠오 도오루 지음 | 홍영의 옮김
신국판 | 240쪽 / 7,500원
태양의 법
오오카와 류우오오 지음
신국판 | 320쪽 | 18,000원
영원의 법
오오카와 류우오오 지음 | 민병수 옮김
신국판 | 240쪽 | 8,000원
석가의 본심
오오카와 류우오오 지음 | 민병수 옮김
신국판 | 246쪽 | 10,000원
옛 사람들의 재치와 웃음
강형중 · 김경익 편저
신국판 | 316쪽 | 8,000원

지혜의 쉼터
쇼펜하우어 지음 | 김충호 엮음
4×6판 양장본 | 160쪽 | 4,300원
헤세가 너에게
헤르만 헤세 지음 | 홍영의 엮음
4×6판 양장본 | 144쪽 | 4,500원
사랑보다 소중한 삶의 의미
크리슈나무르티 지음 | 최윤영 엮음
4×6판 | 180쪽 | 4,000원
장자 - 어쩌하여 알 속에 털이 있다 하는가
홍영의 엮음 | 4×6판 | 180쪽 | 4,000원
논어 - 배우고 때로 익히면 즐겁지 아니한가
신도희 엮음 | 4×6판 | 180쪽 | 4,000원
맹자 - 가까이 있는데 어찌 먼 데서 구하려 하는가
홍영의 엮음 | 4×6판 | 180쪽 | 4,000원
아름다운 세상을 만드는 사랑의 메시지 365
DuMont monte Verlag 엮음 | 정성호 옮김
4×6판 변형 양장본 | 240쪽 | 8,000원
황금의 법
오오카와 류우오우 지음 | 민병수 옮김
신국판 | 320쪽 | 12,000원
왜 여자는 바람을 피우는가
기젤라 룬테 지음 | 김현성 · 진정미 옮김
국판 | 200쪽 | 7,000원
세상에서 가장 아름다운 선물
김인자 지음 | 국판변형 | 292쪽 | 9,000원
수능에 꼭 나오는 한국 단편 33
윤종필 엮음 및 해설 | 신국판 | 704쪽 | 11,000원
수능에 꼭 나오는 한국 현대 단편 소설
윤종필 엮음 및 해설
신국판 | 364쪽 | 11,000원
수능에 꼭 나오는 세계단편(영미권)
지창영 옮김 | 윤종필 엮음 및 해설
신국판 | 328쪽 | 10,000원
수능에 꼭 나오는 세계단편(유럽권)
지창영 옮김 | 윤종필 엮음 및 해설
신국판 | 360쪽 | 11,000원
대왕세종 1 · 2 · 3
박충훈 지음 | 신국판 | 각 권 9,800원
세상에서 가장 소중한 아버지의 선물
최은경 지음 | 신국판 | 144쪽 | 9,500원
마담파리와 고사방
아젤 지음 | 신국판 | 268쪽 | 13,000원

건강의학

아름다운 피부미용법
이순희(한독피부미용학원 원장) 지음
신국판 | 296쪽 | 6,000원
버섯건강요법
김병각 외 6명 지음 | 신국판 | 286쪽 | 8,000원
성인병과 암을 정복하는 유기게르마늄
이상현 편저 | 카오 샤오이 감수
신국판 | 312쪽 | 9,000원
난치성 피부병
생약효소연구원 지음 | 신국판 | 232쪽 | 7,500원
新 방약합편
정도명 편역 | 신국판 | 416쪽 | 15,000원
자연치료의학
오홍근(신경정신과 의학박사 · 자연의학박사)
지음 | 신국판 | 472쪽 | 15,000원
이순희식 순수피부미용법
이순희(한독피부미용학원 원장) 지음
신국판 | 304쪽 | 7,000원
21세기 당뇨병 예방과 치료법
이현철(연세대 의대 내과 교수) 지음
신국판 | 360쪽 | 9,500원
신재용의 민의학 동의보감
신재용(해성한의원 원장) 지음
신국판 | 476쪽 | 10,000원
치매 알면 치매 이긴다
배오성(백상한방병원 원장) 지음
신국판 | 312쪽 | 10,000원
21세기 건강혁명 밥상 위의 보약 생식
최경순 지음 | 신국판 | 348쪽 | 9,800원
기치유와 기공수련
윤한홍(기치유 연구회 회장) 지음
신국판 | 340쪽 | 12,000원
만병의 근원 스트레스 원인과 퇴치
김지혁(김지혁한의원 원장) 지음
신국판 | 324쪽 | 9,500원
김종성 박사의 뇌졸중 119
김종성 지음 | 신국판 | 356쪽 | 12,000원
탈모 예방과 모발 클리닉
장정훈 · 전재홍 지음
신국판 | 252쪽 | 8,000원

구태규의 100% 성공 다이어트
구태규 지음 | 4×6배판 변형 | 240쪽 | 9,900원
암 예방과 치료법
이춘기 지음 | 신국판 | 296쪽 | 11,000원
알기 쉬운 위장병 예방과 치료법
민영일 지음 | 신국판 | 328쪽 | 9,900원
이온 체내혁명
노보루 아마노이 지음 | 김병관 옮김
신국판 | 272쪽 | 9,500원
어혈과 사혈요법
정지천 지음 | 신국판 | 308쪽 | 12,000원
약손 경락마사지로 건강미인 만들기
고정환지음 | 4×6배판 변형 | 284쪽 | 15,000원
정유정의 LOVE DIET
정유정 지음 | 4×6배판 변형
196쪽 | 10,500원
머리에서 발끝까지 예뻐지는 부분다이어트
신상만 · 김선민 지음 | 4×6배판 변형
196쪽 | 11,000원
알기 쉬운 심장병 119
박승정 지음 | 신국판 | 248쪽 | 9,000원
알기 쉬운 고혈압 119
이정균 지음 | 신국판 | 304쪽 | 10,000원
여성을 위한 부인과질환의 예방과 치료
차선희 지음 | 신국판 | 304쪽 | 10,000원
알기 쉬운 아토피 119
이승규 · 임승엽 · 김문호 · 안유일 지음
신국판 | 232쪽 | 9,500원
120세에 도전한다
이권행 지음 | 신국판 | 308쪽 | 11,000원
건강과 아름다움을 만드는 요가
정판식 지음 | 4×6배판 변형 | 224쪽 | 14,000원
우리 아이 건강하고 아름다운 롱다리 만들기
김성훈 지음 | 대국전판 | 236쪽 | 10,500원
알기 쉬운 허리디스크 예방과 치료
이종서 지음 | 대국전판 | 336쪽 | 12,000원
소아과 전문의에게 듣는
알기 쉬운 소아과 119
신영규 · 이강우 · 최성항 지음
4×6배판 변형 | 280쪽 | 14,000원
피가 맑아야 건강하게 오래 살 수 있다
김영찬 지음 | 신국판 | 256쪽 | 10,000원
웰빙형 피부 미인을 만드는 나만의 셀프
피부건강
양해원 지음 | 대국전판 | 144쪽 | 10,000원
내 몸을 살리는 생활 속의 웰빙 항암 식품
이승남 지음 | 대국전판 | 248쪽 | 9,800원

마음한글 느낌한글
박완식 지음 | 4×6배판 | 300쪽 | 15,000원
웰빙 동의보감식 발마사지 10분
최미희 지음 | 신재용 감수
4×6배판 변형 | 204쪽 | 13,000원
아름다운 몸 건강한 몸을 위한
목욕 건강 30분
임하성 지음 | 대국전판 | 176쪽 | 9,500원
내가 만드는 한방생주스 60
김영섭 지음 | 국판 | 112쪽 | 7,000원
건강도 키우고 성적도 올리는 자녀 건강
김진돈 지음 | 신국판 | 304쪽 | 12,000원
알기 쉬운 간질환 119
이관식 지음 | 신국판 | 264쪽 | 11,000원
밥으로 병을 고친다
허봉수 지음 | 대국전판 | 352쪽 | 13,500원
알기 쉬운 신장병 119
김형규 지음 | 신국판 | 240쪽 | 10,000원
마음의 감기 치료법 우울증 119
이민수 지음 | 대국전판 | 232쪽 | 9,800원
관절염 119
송영욱 지음 | 대국전판 | 224쪽 | 9,800원
내 딸을 위한 미성년 클리닉
강병문 · 이향아 · 최정원 지음 | 국판
148쪽 | 8,000원
암을 다스리는 기적의 치유법
케이 세이헤이 감수
카와키 나리카즈 지음
민병수 옮김 | 신국판 | 256쪽 | 9,000원
스트레스 다스리기 대한불안장애학회
스트레스관리연구특별위원회 지음
신국판 | 304쪽 | 12,000원
천연 식초 건강법
건강식품연구회 엮음
신재용(해성한의원 원장) 감수
신국판 | 252쪽 | 9,000원
암에 대한 모든 것
서울아산병원 암센터 지음
신국판 | 360쪽 | 13,000원
알록달록 컬러 다이어트
이승남 지음 | 국판 | 248쪽 | 10,000원
불임부부의 희망
당신도 부모가 될 수 있다
정병준 지음 | 신국판 | 268쪽 | 9,500원
키 10cm 더 크는 키네스 성장법
김양수 · 이종균 · 최형규 · 표재환 · 김문희 지음
대국전판 | 312쪽 | 12,000원

당뇨병 백과
이현철 · 송영득 · 안철우 지음
4×6배판 변형 | 396쪽 | 16,000원
호흡기 클리닉 119
박성학 지음 | 신국판 | 256쪽 | 10,000원
키 쑥쑥 크는 롱다리 만들기
롱다리 성장클리닉 원장단 지음
대국전판 | 256쪽 | 11,000원
내 몸을 살리는 건강식품
백은희 지음 | 신국판 | 384쪽 | 12,000원
내 몸에 맞는 운동과 건강
하철수 지음 | 신국판 | 264쪽 | 11,000원
알기 쉬운 척추 질환 119
김수연 지음 | 신국판 변형 | 240쪽 | 11,000원
베스트 닥터 박승정 교수팀의
심장병 예방과 치료
박승정 외 5인 지음
신국판 | 264쪽 | 10,500원
암 전이 재발을 막아주는 한방 신치료 전략
조종관 · 유화승 지음
신국판 | 308쪽 | 12,000원
식탁 위의 위대한 혁명 사계절 웰빙 식품
김진돈 지음 | 신국판 | 284쪽 | 12,000원
우리 가족 건강을 위한 신종플루 대처법
우준희 · 김태형 · 정진원 지음
신국판 변형 | 172쪽 | 8,500원
스트레스가 내 몸을 살린다
대한불안의학회 스트레스관리특별위원회
지음 | 신국판 | 296쪽 | 13,000원
수술하지 않고 나도 예뻐질 수 있다
김경모 지음 | 신국판 | 144쪽 | 9,000원
심장병 119
서울아산병원 심장병원 박승정 박사 지음
신국판 | 292쪽 | 13,000원

교 육

우리 교육의 창조적 백색혁명
원상기 지음 | 신국판 | 206쪽 | 6,000원
현대생활과 체육
조창남 외 5명 공저 | 신국판 | 340쪽 | 10,000원
퍼펙트 MBA
IAE유학네트 지음 | 신국판 | 400쪽 | 12,000원
유학길라잡이 I - 미국편
IAE유학네트 지음 | 4×6배판 | 372쪽 | 13,900원

유학길라잡이 II - 4개국편
IAE유학네트 지음 | 4×6배판 | 348쪽 | 13,900원

조기유학길라잡이.com
IAE유학네트 지음 | 4×6배판 | 428쪽 | 15,000원

현대인의 건강생활
박상호 외 5명 공저 | 4×6배판
268쪽 | 15,000원

천재아이로 키우는 두뇌훈련
나카마츠 요시로 지음 | 민병수 옮김
국판 | 288쪽 | 9,500원

두뇌혁명
나카마츠 요시로 지음 | 민병수 옮김
4×6판 양장본 | 288쪽 | 12,000원

테마별 고사성어로 익히는 한자
김경익 지음 | 4×6판 변형 | 248쪽 | 9,800원

生生공부비법
이은승 지음 | 대국전판 | 272쪽 | 9,500원

자녀를 성공시키는 습관만들기
배은경 지음 | 대국전판 | 232쪽 | 9,500원

한자능력검정시험 1급
한자능력검정시험연구위원회 편저
4×6배판 | 568쪽 | 21,000원

한자능력검정시험 2급
한자능력검정시험연구위원회 편저
4×6배판 | 472쪽 | 18,000원

한자능력검정시험 3급(3급II)
한자능력검정시험연구위원회 편저
4×6배판 | 440쪽 | 17,000원

한자능력검정시험 4급(4급II)
한자능력검정시험연구위원회 편저
4×6배판 | 352쪽 | 15,000원

한자능력검정시험 5급
한자능력검정시험연구위원회 편저
4×6배판 | 264쪽 | 11,000원

한자능력검정시험 6급
한자능력검정시험연구위원회 편저
4×6배판 | 168쪽 | 8,500원

한자능력검정시험 7급
한자능력검정시험연구위원회 편저
4×6배판 | 152쪽 | 7,000원

한자능력검정시험 8급
한자능력검정시험연구위원회 편저
4×6배판 | 112쪽 | 6,000원

볼링의 이론과 실기
이택상 지음 | 신국판 | 192쪽 | 9,000원

고사성어로 끝내는 천자문
조준상 글 · 그림 | 4×6배판 | 216쪽 | 12,000원

내 아이 스타 만들기
김민성 지음 | 신국판 | 200쪽 | 9,000원

교육 1번지 강남 엄마들의 수험생 자녀 관리
황숭주 지음 | 신국판 | 288쪽 | 9,500원

초등학생이 꼭 알아야 할 위대한 역사 상식
우진영 · 이양경 지음 | 4×6배판변형
228쪽 | 9,500원

초등학생이 꼭 알아야 할 행복한 경제 상식
우진영 · 전선심 지음 | 4×6배판변형
224쪽 | 9,500원

초등학생이 꼭 알아야 할 재미있는 과학상식
우진영 · 정경희 지음 | 4×6배판변형
220쪽 | 9,500원

한자능력검정시험 3급 · 3급II
한자능력검정시험연구위원회 편저
4×6판 | 380쪽 | 7,500원

**교과서 속에 꼭꼭 숨어있는
이색박물관 체험**
이신화 지음 | 대국전판 | 248쪽 | 12,000원

초등학생 독서 논술(저학년)
책마루 독서교육연구회 지음 | 4×6배판 변형
244쪽 | 14,000원

초등학생 독서 논술(고학년)
책마루 독서교육연구회 지음 | 4×6배판 변형
236쪽 | 14,000원

놀면서 배우는 경제
김술 지음 | 대국전판 | 196쪽 | 10,000원

건강생활과 레저스포츠 즐기기
강선희 외 11명 공저 | 4×6배판 | 324쪽 | 18,000원

아이의 미래를 바꿔주는 좋은 습관
배은경 지음 | 신국판 | 216쪽 | 9,500원

다중지능 아이의 미래를 바꾼다
이소영 외 6인 지음 | 신국판 | 232쪽 | 11,000원

**체육학 자연과학 및 사회과학 분야의 석 ·
박사 학위 논문, 학술진흥재단
등재지, 등재후보지와 관련된 학회지 논문
작성법**
하철수 · 김봉경 지음 | 신국판
336쪽 | 15,000원

공부가 제일 쉬운 공부 달인 되기
이은승 지음 | 신국판 | 256쪽 | 10,000원

글로벌 리더가 되려면 영어부터 정복하라
서재희 지음 | 신국판 | 276쪽 | 11,500원

중국현대30년사
정재일 지음 | 신국판 | 364쪽 | 20,000원

생활호신술 및 성폭력의 유형과 예방
신현무 지음 | 신국판 | 228쪽 | 13,000원

글로벌 리더가 되는 최강 속독법
권혁천 지음 | 신국판 변형
336쪽 | 15,000원

디지털 시대의 여가 및 레크리에이션
박세혁 지음 | 4×6배판 양장
404쪽 | 30,000원

취미 · 실용

김진국과 같이 배우는 와인의 세계
김진국 지음 | 국배판 변형양장본(올 컬러판)
208쪽 | 30,000원

배스낚시 테크닉
이종건 지음 | 4×6배판 | 440쪽 | 20,000원

나도 디지털 전문가 될 수 있다
이승훈 지음 | 4×6배판 | 320쪽 | 19,200원

건강하고 아름다운 동양란 기르기
난마을 지음 | 4×6배판 변형
184쪽 | 12,000원

애완견114
황양원 엮음 | 4×6배판 변형
228쪽 | 13,000원

경제 · 경영

CEO가 될 수 있는 성공법칙 101가지
김승룡 편역 | 신국판 | 320쪽 | 9,500원

정보소프트
김승룡 지음 | 신국판 | 324쪽 | 6,000원

기획대사전
다카하시 겐코 지음 | 홍영의 옮김
신국판 | 552쪽 | 19,500원

맨손창업 · 맞춤창업 BEST 74
양혜숙 지음 | 신국판 | 416쪽 | 12,000원

**무자본, 무점포 창업!
FAX 한 대면 성공한다**
다카시로 고시 지음 | 홍영의 옮김
신국판 | 226쪽 | 7,500원

성공하는 기업의 인간경영
중소기업 노무 연구회 편저 | 홍영의 옮김
신국판 | 368쪽 | 11,000원

21세기 IT가 세계를 지배한다
김광희 지음 | 신국판 | 380쪽 | 12,000원

경제기사로 부자아빠 만들기
김기태 · 신현태 · 박근수 공저 | 신국판
388쪽 | 12,000원
포스트 PC의 주역 정보가전과 무선인터넷
김광희 지음 | 신국판 | 356쪽 | 12,000원
성공하는 사람들의 마케팅 바이블
채수명 지음 | 신국판 | 328쪽 | 12,000원
느린 비즈니스로 돌아가라
사카모토 게이이치 지음 | 정성호 옮김
신국판 | 276쪽 | 9,000원
적은 돈으로 큰돈 벌 수 있는 부동산 재테크
이원재 지음 | 신국판 | 340쪽 | 12,000원
바이오혁명
이주영 지음 | 신국판 | 328쪽 | 12,000원
성공하는 사람들의 자기혁신 경영기술
채수명 지음 | 신국판 | 344쪽 | 12,000원
CFO
교텐 토요오 · 타하라 오키시 지음
민병수 옮김 | 신국판 | 312쪽 | 12,000원
네트워크시대 네트워크마케팅
임동학 지음 | 신국판 | 376쪽 | 12,000원
성공리더의 7가지 조건
다이앤 트레이시 · 윌리엄 모건 지음
지창영 옮김 | 신국판 | 360쪽 | 13,000원
김종결의 성공창업
김종결 지음 | 신국판 | 340쪽 | 12,000원
최적의 타이밍에 내 집 마련하는 기술
이원재 지음 | 신국판 | 248쪽 | 10,500원
컨설팅 세일즈 Consulting sales
임동학 지음 | 대국전판 336쪽 | 13,000원
연봉 10억 만들기
김농주 지음 | 국판 | 216쪽 | 10,000원
주5일제 근무에 따른 한국형 주말창업
최효진 지음 | 신국판 변형 양장본
216쪽 | 10,000원
돈 되는 땅 돈 안되는 땅
김영준 지음 | 신국판 | 320쪽 | 13,000원
돈 버는 회사로 만들 수 있는 109가지
다카하시 도시노리 지음 | 민병수 옮김
신국판 | 344쪽 | 13,000원
프로는 디테일에 강하다
김미현 지음 | 신국판 | 248쪽 | 9,000원
머니투데이 송복규 기자의
부동산으로 주머니돈 100배 만들기
송복규 지음 | 신국판 | 328쪽 | 13,000원
성공하는 슈퍼마켓&편의점 창업
나명환 지음 | 4×6배판 변형 | 500쪽 | 28,000원

대한민국 성공 재테크 부동산 펀드와 리츠로
승부하라
김영준 지음 | 신국판 | 256쪽 | 12,000원
마일리지 200% 활용하기
박성희 지음 | 국판 변형 | 200쪽 | 8,000원
1%의 가능성에 도전,
성공 신화를 이룬 여성 CEO
김미현 지음 | 신국판 | 248쪽 | 9,500원
3천만 원으로 부동산 재벌 되기
최수길 · 이숙 · 조연희 지음
신국판 | 290쪽 | 12,000원
10년을 앞설 수 있는 재테크
노동규 지음 | 신국판 | 260쪽 | 10,000원
세계 최강을 추구하는 도요타 방식
나카야마 키요타카 지음 | 민병수 옮김
신국판 | 296쪽 | 12,000원
최고의 설득을 이끌어내는 프레젠테이션
조두환 지음 | 신국판 | 296쪽 | 11,000원
최고의 만족을 이끌어내는 창의적 협상
조강희 · 조원희 지음 | 신국판
248쪽 | 10,000원
New 세일즈 기법 물건을 팔지 말고
가치를 팔아라
조기선 지음 | 신국판 | 264쪽 | 9,500원
작은 회사는 전략이 달라야 산다
황문진 지음 | 신국판 | 312쪽 | 11,000원
돈되는 슈퍼마켓 & 편의점 창업전략(입지 편)
나명환 지음 | 신국판 | 352쪽 | 13,000원
25 · 35 꼼꼼 여성 재테크
정원훈 지음 | 신국판 | 224쪽 | 11,000원
대한민국 2030 독특하게 창업하라
이상헌 · 이호observation 지음 | 신국판
288쪽 | 12,000원
왕초보 주택 경매로 돈 벌기
천관성 지음 | 신국판 | 268쪽 | 12,000원
New 마케팅 기법 (실천편) 물건을 팔지
말고 가치를 팔아라 2
조기선 지음 | 신국판 | 240쪽 | 10,000원
퇴출 두려워 마라 홀로서기에 도전하라
신정수 지음 | 신국판 | 256쪽 | 11,500원
슈퍼마켓 & 편의점 창업 바이블
나명환 지음 | 신국판 | 280쪽 | 12,000원
위기의 한국 기업 재창조하라
신정수 지음 | 신국판 양장본
304쪽 | 15,000원
취업닥터
신정수 지음 | 신국판 | 272쪽 | 13,000원

합법적으로 확실하게 세금 줄이는 방법
최성호 · 김기근 지음 | 대국전판
372쪽 | 16,000원
선거수첩
김용한 엮음 | 4×6판 | 184쪽 | 9,000원
소상공인 마케팅 실전 노하우
(사)한국소상공인마케팅협회 지음
황문진 감수 | 4×6배판 변형 | 22,000원
불황을 완벽하게 타개하는 법칙
오오카와 류우호오 지음 | 김지현 옮김
신국판변형 | 240쪽 | 11,000원
한국 이명박 대통령의 영적 메시지
오오카와 류우호오 지음 | 박재영 옮김
4×6판 | 140쪽 | 7,500원
세계 황제를 노리는 남자 시진핑의 본심에
다가서다
오오카와 류우호오 지음 | 안미현 옮김
4×6판 | 144쪽 | 7,500원
북한 종말의 시작 영적 진실의 충격
오오카와 류우호오 지음 | 박재영 옮김
4×6판 | 194쪽 | 8,000원
러시아의 신임 대통령 푸틴과 제국의 미래
오오카와 류우호오 지음 | 안미현 옮김
4×6판 | 150쪽 | 7,500원
취업 역량과 가치로 디자인하라
신정수 지음 | 신국판 | 348쪽 | 15,000원
북한과의 충돌을 예견한다
오오카와 류우호오 지음 | 4×6판 | 148쪽 | 8,000원
미래의 법
오오카와 류우호오 지음
신국판 | 204쪽 | 11,000원
김정은의 본심에 다가서다
오오카와 류우호오 지음
4×6판 | 200쪽 | 8,000원
하세가와 케이타로 수호령 메시지
오오카와 류우호오 지음
신국판 | 140쪽 | 7,500원
뭐든지 다 판다
정철원 지음 | 신국판 | 280쪽 | 15,000원
더+시너지
유길문 지음 | 신국판 | 228쪽 | 14,000원
영원한 생명의 세계
오오카와 류우호오 지음 | 신국판 변형
148쪽 | 12,000원
인내의 법
오오카와 류우호오 지음 | 신국판 변형 |
260쪽 | 15,000원

스트레스 프리 행복론
오오카와 류우호오 지음 | 신국판 변형 |
180쪽 | 12,000원
월트 디즈니 감동을 주는 마법의 비밀
오오카와 류우호오 지음 | 4×6판 |
124쪽 | 7,000원
지혜의 법
오오카와 류우호오 지음 | 신국판 변형 |
218쪽 | 13,000원
더 힐링파워
오오카와 류우호오 지음 | 신국판 변형 |
190쪽 | 12,000원
정의의 법
오오카와 류우호오 지음 | 신국판 변형 |
240쪽 | 17,000원
전도의 법
오오카와 류우호오 지음 | 신국판 변형 |
260쪽 | 17,000원

주 식

개미군단 대박맞이 주식투자
홍성걸(한양증권 투자분석팀 팀장) 지음
신국판 | 310쪽 | 9,500원
알고 하자! 돈 되는 주식투자
이길영 외 2명 공저 | 신국판
388쪽 | 12,500원
항상 당하기만 하는 개미들의 매도 · 매수
타이밍 999% 적중 노하우
강경무 지음 | 신국판 | 336쪽 | 12,000원
부자 만들기 주식성공클리닉
이창희 지음 | 신국판 | 372쪽 | 11,500원
선물 · 옵션 이론과 실전매매
이창희 지음 | 신국판 | 372쪽 | 12,000원
너무나 쉬워 재미있는 주가차트
홍성무 지음 | 4×6배판 | 216쪽 | 15,000원
주식투자 직접 투자로 높은 수익을 올릴 수
있는 비결
김학산 지음 | 신국판 | 230쪽 | 11,000원
억대 연봉 증권맨이 말하는 슈퍼 개미의 수
익나는 원리
임정규 지음 | 신국판 | 248쪽 | 12,500원
주식탈무드
윤순숙 지음 | 신국판 양장
240쪽 | 15,000원

명 상

명상으로 얻는 깨달음
달라이 라마 지음 | 지창영 옮김
국판 | 320쪽 | 9,000원

처 세

성공적인 삶을 추구하는 여성들에게 우먼파워
조안 커너 · 모이라 레이너 공저 | 지창영 옮김
신국판 | 352쪽 | 8,800원
聽 이익이 되는 말 話 손해가 되는 말
우메시마 미요 지음 | 정성호 옮김
신국판 | 304쪽 | 9,000원
성공하는 사람들의 화술테크닉
민영욱 지음 | 신국판 | 320쪽 | 9,500원
부자들의 생활습관 가난한 사람들의 생활습관
다케우치 야스오 지음 | 홍영의 옮김
신국판 | 320쪽 | 9,800원
코끼리 귀를 당긴 원숭이-히딩크식
창의력을 배우자
강충인 지음 | 신국판 | 208쪽 | 8,500원
성공하려면 유머와 위트로 무장하라
민영욱 지음 | 신국판 | 292쪽 | 9,500원
등소평의 오뚝이전략
조창남 편저 | 신국판 | 304쪽 | 9,500원
노무현 화술과 화법을 통한 이미지 변화
이현정 지음 신국판 | 320쪽 | 10,000원
성공하는 사람들의 토론의 법칙
민영욱 지음 | 신국판 | 280쪽 | 9,500원
사람은 칭찬을 먹고산다
민영욱 지음 | 신국판 | 268쪽 | 9,500원
사과의 기술
김농주 지음 | 국판 변형 양장본
200쪽 | 10,000원
취업 경쟁력을 높여라
김농주 지음 | 신국판 | 280쪽 | 12,000원
유비쿼터스시대의 블루오션 전략
최양진 지음 | 신국판 | 248쪽 | 10,000원
나만의 블루오션 전략 - 화술편
민영욱 지음 | 신국판 | 254쪽 | 10,000원
희망의 씨앗을 뿌리는 20대를 위하여
우광균 지음 | 신국판 | 172쪽 | 8,000원

끌리는 사람이 되기위한 이미지 컨설팅
홍순아 지음 | 대국전판 | 194쪽 | 10,000원
글로벌 리더의 소통을 위한 스피치
민영욱 지음 | 신국판 | 328쪽 | 10,000원
오바마처럼 꿈에 미쳐라
정영순 지음 | 신국판 | 208쪽 | 9,500원
여자 30대, 내 생애 최고의 인생을 만들어라
정영순 지음 | 신국판 | 256쪽 | 11,500원
인맥의 달인을 넘어 인맥의 神이 되라
서필환 · 봉은희 지음
신국판 | 304쪽 | 12,000원
아임 파인(I'm Fine!)
오오카와 류우호오 지음
4×6판 | 152쪽 | 8,000원
미셸 오바마처럼 사랑하고 성공하라
정영순 지음 | 신국판 | 224쪽 | 10,000원
용기의 법
오오카와 류우호오 지음
국판 | 208쪽 | 10,000원
긍정의 신
김태광 지음 | 신국판 변형 | 230쪽 | 9,500원
위대한 결단
이채윤 지음 | 신국판 | 316쪽 | 15,000원
한국을 일으킬 비전 리더십
안의정 지음 | 신국판 | 340쪽 | 14,000원

역 학

역리종합 만세력
정도명 편저 | 신국판 | 532쪽 | 10,500원
작명대전
정보국 지음 | 신국판 | 460쪽 | 12,000원
하락이수 해설
이천교 편저 | 신국판 | 620쪽 | 27,000원
현대인의 창조적 관상과 수상
백운산 지음 | 신국판 | 344쪽 | 9,000원
대운용신영부적
정재원 지음 | 신국판 양장본
750쪽 | 39,000원
사주비결활용법
이세진 지음 | 신국판 | 392쪽 | 12,000원
컴퓨터세대를 위한 新 성명학대전
박용찬 지음 | 신국판 | 388쪽 | 11,000원
길흉화복 꿈풀이 비법
백운산 지음 | 신국판 | 410쪽 | 12,000원

새천년 작명컨설팅
정재원 지음 | 신국판 | 492쪽 | 13,900원
백운산의 신세대 궁합
백운산 지음 | 신국판 | 304쪽 | 9,500원
동자삼 작명학
남시모 지음 | 신국판 | 496쪽 | 15,000원
소울음소리
이건우 지음 | 신국판 | 314쪽 | 10,000원
알기 쉬운 명리학 총론
고순택 지음 | 신국판 양장본 | 652쪽 | 35,000원
대운명
정재원 지음 | 신국판 | 708쪽 | 23,200원

법률일반

여성을 위한 성범죄 법률상식
조명원(변호사) 지음 | 신국판
248쪽 | 8,000원
아파트 난방비 75% 절감방법
고영근 지음 | 신국판 | 238쪽 | 8,000원
일반인이 꼭 알아야 할 절세전략 173선
최성호(공인회계사) 지음 | 신국판
392쪽 | 12,000원
변호사와 함께하는 부동산 경매
최환주(변호사) 지음 | 신국판
404쪽 | 13,000원
혼자서 쉽고 빠르게 할 수 있는 소액재판
김재용 · 김종철 공저
신국판 | 312쪽 | 9,500원
술 한 잔 사겠다는 말에서 찾아보는 채권 · 채무
변환철(변호사) 지음 | 신국판
408쪽 | 13,000원
알기쉬운 부동산 세무 길라잡이
이건우(세무서 재산계장) 지음
신국판 | 400쪽 | 13,000원
알기쉬운 어음, 수표 길라잡이
변환철(변호사) 지음 | 신국판 | 328쪽 | 11,000원
제조물책임법
강동근(변호사) · 윤종성(검사) 공저
신국판 | 368쪽 | 13,000원
알기 쉬운 주5일근무에 따른 임금 · 연봉제 실무
문강분(공인노무사) 지음
4×6배판 변형 | 544쪽 | 35,000원

변호사 없이 당당히 이길 수 있는 형사소송
김대환 지음 | 신국판 | 304쪽 | 13,000원
변호사 없이 당당히 이길 수 있는 민사소송
김대환 지음 | 신국판 | 412쪽 | 14,500원
혼자서 해결할 수 있는 교통사고 Q&A
조명원(변호사) 지음 | 신국판
336쪽 | 12,000원
알기 쉬운 개인회생 · 파산 신청법
최재규(법무사) 지음 | 신국판
352쪽 | 13,000원
부동산 조세론
정태식 · 김예기 지음 | 4×6배판 변형
408쪽 | 33,000원

생활법률

부동산 생활법률의 기본지식
대한법률연구회 지음 | 김원중(변호사) 감수
신국판 | 480쪽 | 12,000원
고소장 · 내용증명 생활법률의 기본지식
하태웅(변호사) 지음 | 신국판
440쪽 | 12,000원
노동 관련 생활법률의 기본지식
남동희(공인노무사) 지음
신국판 | 528쪽 | 14,000원
외국인 근로자 생활법률의 기본지식
남동희(공인노무사) 지음
신국판 | 400쪽 | 12,000원
계약작성 생활법률의 기본지식
이상도(변호사) 지음 | 신국판
560쪽 | 14,500원
지적재산 생활법률의 기본지식
이상도(변호사) · 조의제(변리사) 공저
신국판 | 496쪽 | 14,000원
부당노동행위와 부당해고
생활법률의 기본지식
박영수(공인노무사) 지음 | 신국판
432쪽 | 14,000원
주택 · 상가임대차 생활법률의 기본지식
김운용(변호사) 지음
신국판 | 480쪽 | 14,000원
하도급거래 생활법률의 기본지식
김진흥(변호사) 지음 | 신국판
440쪽 | 14,000원

이혼소송과 재산분할 생활법률의 기본지식
박동섭(변호사) 지음 | 신국판
460쪽 | 14,000원
부동산등기 생활법률의 기본지식
정상태(법무사) 지음 | 신국판
456쪽 | 14,000원
기업경영 생활법률의 기본지식
안동섭(단국대 교수) 지음
신국판 | 466쪽 | 14,000원
교통사고 생활법률의 기본지식
박정무(변호사) · 전병찬 공저
신국판 | 480쪽 | 14,000원
소송서식 생활법률의 기본지식
김대환 지음 | 신국판 | 480쪽 | 14,000원
호적 · 가사소송 생활법률의 기본지식
정주수(법무사) 지음 | 신국판 | 516쪽 | 14,000원
상속과 세금 생활법률의 기본지식
박동섭(변호사) 지음
신국판 | 480쪽 | 14,000원
담보 · 보증 생활법률의 기본지식
류창호(법학박사) 지음
신국판 | 436쪽 | 14,000원
소비자보호 생활법률의 기본지식
김성천(법학박사) 지음
신국판 | 504쪽 | 15,000원
판결 · 공정증서 생활법률의 기본지식
정상태(법무사) 지음 | 신국판
312쪽 | 13,000원
산업재해보상보험 생활법률의 기본지식
정유석(공인노무사) 지음
신국판 384쪽 | 14,000원

명상

명상으로 얻는 깨달음
달라이 라마 지음 | 지창영 옮김
국판 | 320쪽 | 9,000원

처세

성공적인 삶을 추구하는 여성들에게 우먼파워
조안 커너 · 모이라 레이너 공저 | 지창영 옮김
신국판 | 352쪽 | 8,800원

聽 이익이 되는 말 짧 손해가 되는 말
우메시마 미요 지음 | 정성호 옮김
신국판 | 304쪽 | 9,000원
성공하는 사람들의 화술테크닉
민영욱 지음 | 신국판 | 320쪽 | 9,500원
부자들의 생활습관 가난한 사람들의 생활습관
다케우치 야스오 지음 | 홍영의 옮김
신국판 | 320쪽 | 9,800원
코끼리 귀를 당긴 원숭이-히딩크식
창의력을 배우자
강충인 지음 | 신국판 | 208쪽 | 8,500원
성공하려면 유머와 위트로 무장하라
민영욱 지음 | 신국판 | 292쪽 | 9,500원
등소평의 오뚝이전략
조창남 편저 | 신국판 | 304쪽 | 9,500원
노무현 화술과 화법을 통한 이미지 변화
이현정 지음 | 신국판 | 320쪽 | 10,000원
성공하는 사람들의 토론의 법칙
민영욱 지음 | 신국판 | 280쪽 | 9,500원
사람은 칭찬을 먹고산다
민영욱 지음 | 신국판 | 268쪽 | 9,500원
사과의 기술
김농주 지음 | 국판 변형 양장본 | 200쪽 | 10,000원
취업 경쟁력을 높여라
김농주 지음 | 신국판 | 280쪽 | 12,000원
유비쿼터스시대의 블루오션 전략
최양진 지음 | 신국판 | 248쪽 | 10,000원
나만의 블루오션 전략 - 화술편
민영욱 지음 | 신국판 | 254쪽 | 10,000원
희망의 씨앗을 뿌리는 20대를 위하여
우광균 지음 | 신국판 | 172쪽 | 8,000원
끌리는 사람이 되기위한 이미지 컨설팅
홍순아 지음 | 대국전판 | 194쪽 | 10,000원
글로벌 리더의 소통을 위한 스피치
민영욱 지음 | 신국판 | 328쪽 | 10,000원
오바마처럼 꿈에 미쳐라
정영순 지음 | 신국판 | 208쪽 | 9,500원
여자 30대, 내 생애 최고의 인생을 만들어라
정영순 지음 | 신국판 | 256쪽 | 11,500원
인맥의 달인을 넘어 인맥의 神이 되라
서필환 · 봉은희 지음
신국판 | 304쪽 | 12,000원
아임 파인(I'm Fine!)
오오카와 류우호오 지음
4×6판 | 152쪽 | 8,000원
미셸 오바마처럼 사랑하고 성공하라
정영순 지음 | 신국판 | 224쪽 | 10,000원

용기의 법
오오카와 류우호오 지음
국판 | 208쪽 | 10,000원
긍정의 신
김태광 지음 | 신국판 변형 | 230쪽 | 9,500원
위대한 결단
이채윤 지음 | 신국판 | 316쪽 | 15,000원
한국을 일으킬 비전 리더십
안의정 지음 | 신국판 | 340쪽 | 14,000원
하우 어바웃 유?
오오카와 류우호오 지음 | 신국판 변형
140쪽 | 9,000원
셀프 리더십의 긍정적 힘
배경진 지음 | 신국판 | 178쪽 | 12,000원
실천하라 정주영처럼
이채윤 지음 | 신국판 | 300쪽 | 12,000원
진실에 대한 깨달음
오오카와 류우호오 지음 | 신국판 변형
170쪽 | 9,500원
통하는 화술
민영욱 · 조영관 · 손이수 지음 | 신국판
264쪽 | 12,000원
마흔, 마음샘에서 찾은 논어
이이영 지음 | 신국판 | 294쪽 | 12,000원
겨자씨만한 역사, 세상을 열다
이이영 · 손완주 지음 | 신국판
304쪽 | 12,000원
셀프 리더십 코칭
배경진 지음 | 신국판 | 180쪽 | 12,000원
홀리스틱 리더십
김길수 지음 | 신국판 | 240쪽 | 13,000원
나는야 뽀빠이 공무원
강평석 지음 | 신국판 | 280쪽 | 15,000원
마인드 뷰티 컨설턴트 김아현의
반전 매력 심리학 이야기
김아현 지음 | 신국판 | 244쪽 | 15,000원
은퇴의 기술
황인철 지음 | 신국판 | 224쪽 | 14,000원

어 학

2진법 영어
이상도 지음 | 4×6배판 변형 | 328쪽 | 13,000원
한 방으로 끝내는 영어
고제윤 지음 | 신국판 | 316쪽 | 9,800원

한 방으로 끝내는 영단어
김승엽 지음 | 김수경 · 카렌다 감수
4×6배판 변형 | 236쪽 | 9,800원
해도해도 안 되던 영어회화 하루에 30분씩
90일이면 끝낸다
Carrot Korea 편집부 지음
4×6배판 변형 | 260쪽 | 11,000원
바로 활용할 수 있는 기초생활영어
김수경 지음 | 신국판 | 240쪽 | 10,000원
바로 활용할 수 있는 비즈니스영어
김수경 지음 | 신국판 | 252쪽 | 10,000원
생존영어55
홍일록 지음 | 신국판 | 224쪽 | 8,500원
필수 여행영어회화
한현숙 지음 | 4×6판 변형 | 328쪽 | 7,000원
필수 여행일어회화
윤영자 지음 | 4×6판 변형 | 264쪽 | 6,500원
필수 여행중국어회화
이은진 지음 | 4×6판 변형 | 256쪽 | 7,000원
영어로 배우는 중국어
김승엽 지음 | 신국판 | 216쪽 | 9,000원
필수 여행스페인어회화
유연창 지음 | 4×6판 변형 | 288쪽 | 7,000원
바로 활용할 수 있는 홈스테이 영어
김형주 지음 | 신국판 | 184쪽 | 9,000원
필수 여행러시아어회화
이은수 지음 | 4×6판 변형
248쪽 | 7,500원
바로 활용할 수 있는 홈스테이 영어
김형주 지음 | 신국판 | 184쪽 | 9,000원
필수 여행러시아어회화
이은수 지음 | 4×6판 변형
248쪽 | 7,500원
영어 먹는 고양이 1
권혁천 지음 | 4×6배판 변형(올컬러)
164쪽 | 9,500원
영어 먹는 고양이 2
권혁천 지음 | 4×6배판 변형(올컬러)
152쪽 | 9,500원

여 행

우리 땅 우리 문화가 살아 숨쉬는 옛터
이형권 지음 | 대국전판(올컬러)
208쪽 | 9,500원

아름다운 산사
이형권 지음 | 대국전판(올컬러)
208쪽 | 9,500원
맛과 멋이 있는 낭만의 카페
박성찬 지음 | 대국전판(올컬러)
168쪽 | 9,900원
한국의 숨어 있는 아름다운 풍경
이종원 지음 | 대국전판(올컬러)
208쪽 | 9,900원
사람이 있고 자연이 있는 아름다운 명산
박기성 지음 | 대국전판(올컬러)
176쪽 | 12,000원
마음의 고향을 찾아가는 여행 포구
김인자 지음 | 대국전판(올컬러)
224쪽 | 14,000원
생명이 살아 숨쉬는 한국의 아름다운 강
민병준 지음 | 대국전판(올컬러)
168쪽 | 12,000원
틈나는 대로 세계여행
김재관 지음 | 4×6배판 변형(올컬러)
368쪽 | 20,000원
풍경 속을 걷는 즐거움 명상 산책
김인자 지음 | 대국전판(올컬러)
224쪽 | 14,000원
3,7 세계여행
김완수 지음 | 4×6배판 변형(올컬러)
280쪽 | 12,900원
법정 스님의 발자취가 남겨진
아름다운 산사
박성찬 · 최애정 · 이성준 지음
신국판 변형(올컬러) | 176쪽 | 12,000원
자유인 김완수의 세계 자연경관
후보지 21곳 탐방과
세계 7대 자연경관 견문록
김완수 지음 | 4×6배판(올컬러)
368쪽 | 27,000원

레포츠

인라인스케이팅 100%즐기기
임미숙 지음 | 4×6배판 변형
172쪽 | 11,000원
스키 100% 즐기기
김동환 지음 | 4×6배판 변형
184쪽 | 12,000원

태권도 총론
하웅의 지음 | 4×6배판 | 288쪽 | 15,000원
수영 100% 즐기기
김종만 지음 | 4×6배판 변형
248쪽 | 13,000원
건강을 위한 웰빙 걷기
이강옥 지음 | 대국전판 | 280쪽 | 10,000원
쉽고 즐겁게! 신나게! 배우는 재즈댄스
최재선 지음 | 4×6배판 변형
200쪽 | 12,000원
해양스포츠 카이트보딩
김남용 편저 | 신국판(올컬러)
152쪽 | 18,000원

골프

퍼팅 메커닉
이근택 지음 | 4×6배판 변형
192쪽 | 18,000원
아마골프 가이드
정영호 지음 | 4×6배판 변형
216쪽 | 12,000원
골프 100타 깨기
김준모 지음 | 4×6배판 변형
136쪽 | 10,000원
골프 90타 깨기
김광섭 지음 | 4×6배판 변형
148쪽 | 11,000원
KLPGA 최여진 프로의 센스 골프
최여진 지음 | 4×6배판 변형(올컬러)
192쪽 | 13,900원
KTPGA 김준모 프로의 파워 골프
김준모 지음 | 4×6배판 변형(올컬러)
192쪽 | 13,900원
골프 80타 깨기
오태훈 지음 | 4×6배판 변형
132쪽 | 10,000원
신나는 골프 세상
유응열 지음 | 4×6배판 변형(올컬러)
232쪽 | 16,000원
이신 프로의 더 퍼펙트
이신 지음 | 국배판 변형 | 336쪽 | 28,000원
주니어출신 박영진 프로의 주니어골프
박영진 지음 | 4×6배판 변형(올컬러)
164쪽 | 11,000원

골프손자병법
유응열 지음 | 4×6배판 변형(올컬러)
212쪽 | 16,000원
박영진 프로의 주말 골퍼 100타 깨기
박영진 지음 | 4×6배판 변형(올컬러)
160쪽 | 12,000원
10타 줄여주는 클럽 피팅
현세용 · 서주석 공저 | 4×6배판 변형
184쪽 | 15,000원
단기간에 싱글이 될 수 있는 원포인트 레슨
권용진 · 김준모 지음 | 4×6배판 변형(올컬러)
152쪽 | 12,500원
이신 프로의 더 퍼펙트 쇼트 게임
이신 지음 | 국배판 변형(올컬러)
248쪽 | 20,000원
인체에 가장 잘 맞는 스킨 골프
박길석 지음 | 국배판 변형 양장본(올컬러)
312쪽 | 43,000원

여성 · 실용

결혼준비, 이제 놀이가 된다
김창규 · 김수경 · 김정철 지음
4×6배판 변형(올컬러) | 230쪽 | 13,000원

아동

꿈도둑의 비밀
이소영 지음 | 신국판 | 136쪽 | 7,500원
바리온의 빛나는 돌
이소영 지음 | 신국판 | 144쪽 | 8,000원

바랑별의 군산 이야기

2018년 1월 5일 제1판 1쇄 발행

글그림 / 문정현
펴낸이 / 강선희
펴낸곳 / 가림출판사

등록 / 1992.10.6. 제4-191호
주소 / 서울시 광진구 능동로 334(중곡동) 경남빌딩 5층
대표전화 / 02-458-6451 팩스 / 02-458-6450
홈페이지 / www.galim.co.kr
이메일 / galim@galim.co.kr

값 13,000원

ⓒ 문정현, 2017

저자와의 협의하에 인지를 생략합니다.

불법복사는 지적재산을 훔치는 범죄행위입니다.
저작권법 제97조의 5(권리의 침해죄)에 따라 위반자는 5년 이하의 징역
또는 5천만 원 이하의 벌금에 처하거나 이를 병과할 수 있습니다.

ISBN 978-89-7895-402-0 03810

이 도서의 국립중앙도서관 출판예정도서목록(CIP)은 서지정보유통지원시스템 홈페이지(http://seoji.nl.go.kr)와
국가자료공동목록시스템(http://www.nl.go.kr/kolisnet)에서 이용하실 수 있습니다.
(CIP제어번호: CIP2017032636)